香港兒童文學名家精選 **何巧嬋**

養一個
小颱風

新雅文化事業有限公司
www.sunya.com.hk

香港兒童文學名家精選

養一個小颱風

作　　者：何巧嬋
插　　畫：美心
策劃編輯：甄艷慈
責任編輯：潘宏飛
美術設計：李成宇
出　　版：新雅文化事業有限公司
　　　　　香港英皇道499號北角工業大廈18樓
　　　　　電話：(852) 2138 7998
　　　　　傳真：(852) 2597 4003
　　　　　網址：http://www.sunya.com.hk
　　　　　電郵：marketing@sunya.com.hk
發　　行：香港聯合書刊物流有限公司
　　　　　香港新界大埔汀麗路36號中華商務印刷大廈3字樓
　　　　　電話：(852) 2150 2100　　傳真：(852) 2407 3062
　　　　　電郵：info@suplogistics.com.hk
印　　刷：中華商務彩色印刷有限公司
　　　　　香港新界大埔汀麗路36號
版　　次：二〇一二年七月初版
　　　　　二〇一八年十月第三次印刷

ISBN: 978-962-08-5656-3
18/F, North Point Industrial Building, 499 King's Road, Hong Kong.
Published and printed in Hong Kong

目錄

出版緣起 *6*

叢書總序：

　在孩子心裏埋下愛、美、善的種子 / 阿濃 *8*

推薦序一：

　優秀的兒童文學作品歷久不衰 / 謝錫金 *10*

推薦序二：

　向陪伴兒童成長的文學作家致敬 / 羅淑君 *12*

作者自序：

　優秀的兒童文學跨越時空地域 / 何巧嬋 *14*

作家訪談：

　希望陪伴兒童前行的兒童文學作家——何巧嬋 *17*

小說篇

養一個小颱風 *26*

　1. 悶死人啦 *26*

　2. 神秘的哭泣 *27*

　3. 不得內進 *28*

　4. 透明的娃娃 *28*

　5. 失散了的小颱風 *30*

　6. 小颱風的故事 *30*

　7. 帶小颱風回家 *31*

8. 威仔，我掛念你！ *32*

9. 小圓規真機警 *35*

10. 小圓規真有用 *36*

11. 新玩兒 *38*

12. 才不要犯險 *39*

13. 求一陣風 *40*

14. 青華哥哥帶我上學去 *43*

15. 小圓規，大任務 *44*

16. 青華的吩咐 *46*

17. 測驗卷飄啊飄 *47*

18. 校長的煩惱 *49*

19. 小颱風越來越沉靜 *52*

20. 小圓規一天比一天縮小 *53*

21. 我們屬於夏天 *54*

22. 小風鈴的歌 *56*

我的心在說話——一個自閉症兒童的故事 *58*

1. 你聽見了嗎？ *58*

2. 我喜歡車車 *60*

3. 火車開了 *62*

4. 我要找媽媽 *65*

5. 他們抓住我 *68*

6. 這是什麼地方？ *70*

7. 不要撇下我 *72*

8. 我在哪裏？ *75*

貓貓和我捉迷藏 *79*

1. 花花病了 *79*

2. 焦慮極了 *84*

3. 陳醫生的話 *89*

4. 不要放棄 *94*

5. 為花花祝福 *99*

6. 在星光下捉迷藏 *101*

孤單天使 *106*

冰雪女皇 *126*

1. 雪鬼和牠的魔鏡 *126*

2. 凱達和安妮 *129*

3. 冰雪的吻 *132*

4. 魔法婆婆和她的玫瑰花 *136*

5. 強盜寶貝 *143*

6. 智慧夫人 *150*

7. 冰雪皇宮 *153*

附錄：何巧嬋主要的兒童文學原創作品 *158*

童話篇

出版緣起

　　冰心說:「必須要有一顆熱愛兒童的心,慈母的心。」兒童是社會的未來,每一位成年人,都有責任關心兒童的健康成長。而優秀的兒童文學作品,正是兒童健康成長不可缺少的精神食糧。它們蘊含着真、善、美,能真切地反映兒童的心聲,能帶給兒童歡樂和有益的啟示,能鼓勵兒童積極向上,奮發進取。

　　回顧香港兒童文學的發展,由20世紀30年代香港兒童文學的開始萌芽,到21世紀的今天,有許多兒童文學作家一直在為香港兒童文學的繁榮辛勤地耕耘着。他們當中,既有從內地南來的作家,也有土生土長的作家;當中有不少文壇長青樹,也有很多新晉的年輕作家。這些作家為香港兒童創作了一批又一批的優秀作品,為香港兒童文學創作的發展作出巨大貢獻。

　　本公司一向致力於為兒童提供優質讀物,藉踏入50周年新里程之際,我們希望更廣泛地推出各種有益兒童身心的圖書,尤其是本土兒童文學作品,因此策劃出版《香港兒童文學名家精選》叢書。

　　本叢書是由各位作家在其已出版的著作中,精選出曾獲過獎,或是能代表其創作風格的作品結集成書。體裁包括童話、童詩、生活故事、兒童小說、科幻故事、幻想小說、散文等。作品展示了上世紀50年代至本世紀初香港少年兒童的精神面貌和社會風情,曾在讀者中產生過重大影響,並經得起時間的洗禮。

何紫先生曾説過：「倘若我們不從小培養小孩子閱讀的興趣，他們又怎能建立鞏固的語文基礎？」其實，我們不僅關注培養小孩子的閱讀興趣，提高他們的語文能力，我們更希望藉由優秀的兒童圖書，把愛心、善良、孝順、正直、勤奮、樂觀、堅強、關懷、謙虛、公義等種子植播於孩子的心田。叢書裏的作品既文字優美，更是充滿着真善美的人文關懷。

是次出版，我們挑選了在香港兒童文學創作上卓有成就的作家。我們希望由此而為當代少年兒童提供優質的讀物，也為香港兒童文學創作的研究留下具時代意義的印記，更由此表達本公司對兒童文學作家的由衷敬意。

本叢書能得以順利出版，全賴各位作家的鼎力支持。此外，特別感謝阿濃先生為本叢書撰寫總序，感謝謝錫金教授和羅淑君女士撰文推薦。

為了令讀者對各位作家有更多的認識，叢書還特地設有「作家訪談」，讀者可以由此了解各位作家如何走上文學創作之路、他們對兒童文學的見解等。

叢書後設有每位作家「主要的兒童文學原創作品」資料和獲獎資料，旨在為香港兒童文學的原創生態留下史料，並為讀者提供廣泛閱讀的書目。

叢書總序

在孩子心裏埋下愛、美、善的種子

阿濃

兒童文學是文學中最難搞的一門。

所有優秀文學作品要具備的條件，兒童文學都要具備。

但兒童文學的用字用詞有限制，宜淺不宜深。兒童文學的造句有講究，宜短不宜長。兒童文學的表達有要求，宜明白曉暢，不宜過分含蓄艱深。對許多作家來說，就是淺不起來，短不起來，明白不起來。他們做不到，不想做，甚至不屑做。

兒童文學的內容要純淨，像高山絕頂的雪，容不得絲毫污染。因為它是給我們純潔天真的小寶貝的精神食糧，其品質要求更甚於物質食糧的奶粉。但純淨不等於淡而無味，它芬芳，有大自然的氣息；它甜美，如地上樹上藤蔓上的果實；它富於營養，又容易吸收。這就對兒童文學作家個人的品質有了要求，兒童文學作家能標籤為 organic，他的作品才屬於 organic。

許多做父母的都知道餵孩子吃東西是一件苦差，想孩子接受我們為他們而寫的作品，同樣是強迫不來的。兒童文學作家要有十八般武藝，施展渾身解數，令他們笑，使他們覺得有趣，利用他們的好奇，刺激他們思考，引發他們感動，其實是很吃力的。

要成為一個成功的兒童文學作家，他首先要懂孩子的心，那

就需要他自己有一顆童心。他同樣愛吃、愛玩、愛笑、愛哭、愛熱鬧、好奇、愛問為什麼。他同樣愛幻想，不受拘束、仁慈慷慨、視眾生平等。一顆赤子之心，試問在這烏煙瘴氣的世界裏多少人還能擁有？

優秀的兒童文學作家是如此難得，但社會（包括文學界、出版界）對他們又有多重視呢？寫書給孩子看被視為「小兒科」，大家對小兒科醫生十分尊重，對成人文學作家與兒童文學作家之比卻視為大學教授與幼稚園教師之比，使不少兒童文學作家不想擁有這個名號。同樣反映在版稅方面，兒童書的版稅普遍低於成人書，這也使兒童文學作家氣餒。

幸運地，香港還是出現了一批可愛可敬的兒童文學作家，多年來他們創作了豐盛的兒童文學作品。出版了大量的書籍，也被選作課文。在成千上萬的孩子心中，埋下了愛、美、善、關懷、正直、公義、勤奮……的種子，使我們的下一代有普遍的好品質好表現。這是兒童文學作家們最堪告慰的。

作為香港兒童讀物出版重鎮的新雅文化事業有限公司，1991年不惜工本，編印了《香港兒童文學作家系列》，邀請最出色的兒童書插畫家繪圖，硬皮精印，成為香港兒童文學的里程碑。21年後，新雅再次出版一套《香港兒童文學名家精選》叢書，為當代少年兒童提供最好的精神食糧，為研究香港兒童文學留下有價值的資料，同時向香港的兒童文學家們致敬，可謂意義重大。

祝願香港出現更多出色的兒童文學作家，祝願他們的地位獲得提升，祝願他們寫出更多更精彩的作品。

推薦序一

優秀的兒童文學作品歷久不衰

要想兒童喜歡閱讀，必須要有大量有趣的，能引起他們的閱讀意慾的優質讀物。我很高興地看到，雖然有人說香港是文化沙漠，但仍有不少兒童文學作家在勤奮地為兒童寫作，各家兒童圖書出版公司每年也為兒童提供大批印製精美的讀物。

今年香港書展，香港規模最大、歷史最悠久的兒童圖書出版社——新雅文化事業有公司，推出《香港兒童文學名家精選》叢書，精選一批對本港兒童文學卓有建樹的著名作家的作品，為香港兒童提供最好的精神食糧。

十位作家包括：黃慶雲、何紫、阿濃、劉惠瓊、嚴吳嬋霞、何巧嬋、東瑞、宋詒瑞、馬翠蘿和周蜜蜜。十位作家的作品，展示了上世紀五十年代至本世紀初香港少年兒童的精神面貌和社會風情，從不同層面刻劃了香港兒童的成長足跡，以及他們成長中所遇到的困擾。

和現在相比，上世紀的兒童生活和現今的兒童生活有着很大的差別，他們的生活遠比現在的兒童困苦。但是兒童的心性是相通的，他們的歡樂和煩惱，無一不是當今香港兒童所常遇到的；而他

們面對挫折而表現出的勇氣和智慧，又給當今的少年兒童提供了有益的啟示和學習榜樣。

優秀的兒童文學作品影響力歷久不衰，本叢書正好印證了這一點。

我誠意向各位關心兒童健康成長的家長和教師推薦這套有益兒童身心的優質圖書，也藉此向各位辛勤耕耘的兒童文學作家表示敬意。

謝錫金
香港大學教育學院中國語言及文學部教授
香港大學中文教育研究中心前總監

推薦序二

向陪伴兒童成長的文學作家致敬

收到新雅的邀請，為這套《香港兒童文學名家精選》寫推薦序，實在有點兒受寵若驚。為的是叢書內網羅了香港差不多半世紀內鼎鼎大名、優秀的兒童文學作家。其中黃慶雲（雲姐姐、雲姨）更在1938年曾到本會位於香港大學馬鑑教授的西營盤宿舍樓下的會所為街童講故事，她是推動本港兒童閱讀的先行者。

《香港兒童文學名家精選》內的作家都是香港兒童文學上的中流砥柱，他們的著作吸引了無數的讀者，深受新一代歡迎。在本港推動閱讀文化的各項活動中，鮮有不包括他們的作品。

雲姨是全球知名的兒童文學家；周蜜蜜是雲姨的女兒，以香港兒童成長為題，對兒童成長經歷的過程有細膩深刻的認識；何紫先生將不同年代的童年呈現，伴隨香港的成長，閱讀他的童話就像閱讀香港不同年代的社會發展；東瑞的故事，天馬行空、科幻、出人意表的情節啟迪兒童對未來的好奇，跨越常規的突破和創意；馬翠蘿對人際關係的敏銳描述，是小學生最喜愛的作家；阿濃讓跨代爺孫親切之情、愛護環境等浮現於故事情節中；何巧嬋校長以童話手法寫香港孩子的生活，希望小讀者能跳出眼前的局限；劉惠瓊姐姐

透過動物故事,將兒童成長責任中的困惑、與朋友的交往娓娓道來;嚴吳嬋霞女士的作品描述了兒童的純真。

優良的圖書和故事作品,會令培育兒童愛上閱讀變得輕而易舉。

如果説多運動能令兒童體格強壯,多閱讀則令兒童心智豐盛。小學階段,兒童從 6 歲開始到 12 歲的期間,是發展閱讀最重要的階段。兒童成長中,9 歲以前,是要學會掌握閱讀的能力;9 歲以後,他們透過閱讀去學習日新月異的知識,透過文字故事以豐富人生成長的經歷。好的故事、引人的情節、雋逸的文筆不單能為新一代開啟知識之門,讓思想騰飛,還能接觸社會內不同的價值取向、人際交往關係之錯綜複雜面。

《香港兒童文學名家精選》包含的故事仍是我們推動兒童閱讀的工作者經常採用的。它不單將本港兒童文學作出一個較為整全的匯聚,同時亦為父母提供了一個安心的選擇,羅列了多元化、鼓勵兒童閱讀的好作品。

謹此向一羣努力耕耘、陪伴兒童成長的文學家前輩和翹楚致敬……

羅淑君
香港小童群益會前總幹事

作者自序

優秀的兒童文學跨越時空地域

何巧嬋

我的寫作，始於中學階段，那時候，一顆跳躍的心，加上一個愛胡思亂想的腦袋，總覺在同齡的同學中找不到可以暢談溝通的對象，於是轉向報章雜誌投稿。也忘記了投去的稿件，被投籃多少次才正式獲得刊出，反正就是十分享受那種用文字整理思維的過程，還有下筆時那一份暢所欲言的痛快感覺。

中學時期開始的創作，在應付公開試的時間停止了。進入大學階段的時候，除了需要應付專業的學習外，其餘的時間都被當年的學運，還有花前月下的甜蜜吸引了。再次執筆已是初為人母的時候了。

從以自身的生活作為文章題材轉至兒童文學的創作，是孩子讓我結的緣。這裏所説的孩子，包括自家的兩個小鬼外，還有教學的學生。我的教學生涯多采多姿，接觸面甚廣，由幼稚園至大專，智障至資優的學生，我都曾經執教過。我喜歡代入孩子的身分，把自己心底那個被成人的外衣遮蓋得快要窒息的小女孩釋放出來，用孩子坦蕩蕩的心靈，睜開晶亮亮的小眼睛看這個大千世界。

在是次結集的四個故事中，《貓貓和我捉迷藏》寫的是我家男孩子與貓貓一起成長的情誼。兒童的世界容得下天馬行空，在《養

一個小颱風》和《孤單天使》兩個故事裏，我用較虛幻的童話手法寫香港孩子的生活，希望小讀者能跳出眼前的局限，看到一個廣闊美善的世界。

《我的心在說話——一個自閉症兒童的故事》是一個未完的故事，文仔媽媽如今依然每天盼望着他回家。再次出版這個故事，我的心仍難免戚戚，但願大家了解有特殊教育需要的孩子多一點，關愛共融才不會變成一句空話。

好的兒童文學代代相傳，跨越時空地域，《冰雪女王》是由童話之父安徒生的作品改寫而成。原故事枝節較多，同學讀起來較困難。在改寫的過程中，我希望將故事的脈絡梳理清楚，讓故事的幻想力充分突顯，讓這個流傳百年的兒童故事所蘊含的智慧亮光更加閃爍動人。

在教學和執筆寫作之餘，我喜歡直接和孩子講故事。當自家的小鬼年幼時，讀故事是每天的親子活動。孩子的反應最直接，最真誠。有趣的故事，他們會一再央求，百聽不厭。悶蛋的，他們會不留情面：「悶呀！悶死人啦！」批評得體無完膚。過程雖然叫人不好受，但這樣坦誠直言的書評家，正是我的寫作諍友。現在，自家的小鬼長大了，不再有耐性聽我說兒童故事。我在學校的工作也由前線的教學，轉向行政的層面。我還是喜歡給孩子講故事，戰戰兢兢地把自己創作的故事提交他們「評審」。本書收錄的故事出版於不同的日子，但都歷過這一羣「書評家」的審核，他們都愛讀，希望你也同樣喜歡！

作家訪談

希望陪伴兒童前行的
兒童文學作家
——何巧嬋

希望陪伴兒童前行的兒童文學作家
——何巧嬋

　　走進佛教普光學校，我有一種在別的校園從未有過的感覺：
這間學校很漂亮很漂亮，讓人的內心感覺很舒適很舒適。這種心
境舒適的感覺並不是因為校園是新建的，而是由學校的一些具有
人文關懷的擺設而來。

　　教務處大堂的大櫃子裏像所
有學校一樣，擺放着一
個個獎盃。不同的是，
教務處的外牆上貼着一
張張神態各異的學生照
片。校長室的書架下方，
擺滿了何巧嬋校長和學
生合照的相架，當中一個
相架何校長十分珍視，
那是因為裏面既有學生照
片，還有着這樣的格言：
「以愛為徑，嚴而有愛，
愛而有教，教得其法，快樂成長。」

何校長以愛陪伴學生前行。
（攝於 2012 年 5 月）

　　由此，我突然感悟到為什麼何校長把《我的心在說話——一

個自閉症兒童的故事》、《孤單天使》等故事作為她的重要作品收入本叢書了。這裏面包含着作為特殊學校校長的何校長對「特殊學生」的無限關愛，也體現着作者對所有少年兒童身心成長的關愛。

《圓轆轆手記》是我的第一本兒童故事書

何校長的寫作，開始於中學階段。但真正有系統地寫兒童文學作品，則是上世紀八十年代女兒出生之後。「我發覺雖然當時香港有不少外國翻譯的兒童文學作品，也有劉姐姐（劉惠瓊女士）和何紫先生這些大家耳熟能詳的作者，但真正緊貼香港小朋友生活的作品不多，現代人寫現代兒童故事的作者太少了。那時候，香港有一份專為兒童而出版的報紙──《兒童日報》，他們邀請我撰寫故事，於是我便開始了《圓轆轆手記》的寫作，這是我寫的第一本兒童故事書。」

觀察、關懷周遭的小朋友和自己的孩子，關注有關兒童的新聞報道等，給了何校長源源不斷的創作靈感和寫作素材，把這些內容變成有趣的生活故事，小讀者們十分喜愛。有趣的是何校長當時正讀三年級的女兒卻大感困惑，她困惑於故事中的小女孩的生活為何有這麼多和她生活相似的地方，例如當中有一個故事情節寫到圓轆轆因來不及完成自己的功課，於是便帶着功課參加舅父的婚禮，在飲宴的過程中做功課。小女兒驚訝地對何校長説：「怎麼我的舅父結婚，圓轆轆的舅父也結婚呢？」何校長回憶起

此趣事時仍忍不住大笑。

近年的寫作靈感來自於對大自然的觀察

何校長的作品中有很多故事的題材都和大自然有關。何校長解釋說：「我覺得兒童文學和大自然有很密切的關係。兒童文學有一種靈氣，這在成人文學中是較少反映的。我近年的寫作靈感來自於對大自然的觀察。我很喜歡行山，有時候一個人在山中走着，可以令我自己放任思想，仔細觀察，並由此而孕育出一些新的故事。例如《木棉樹和吱喳》、《選舉蟹國王》等。」

翻閱何校長的作品書目，我發現當中有很多很有趣的書名，如：《養一個小颱風》、《告老師》、《暑假，你不要走》等，這些充滿着童真的故事體現出何校長對兒童心理的深度認識。

「我對兒童有着一種天生的敏感，小時候媽媽就說我很有孩子緣。我的教育專業背景幫助我從理論層面上認識兒童心理；但更多的，還是我由心出發去感應，把自己代入兒童的世界。例如，有一次颱風過後我去行山，我見到工人把倒下的樹枝鋸斷，然後讓它們日後化成養料滋養其他植物——大自然就是這樣生生不息的。這事突然給了我一些啟示。我覺得，愛是要有對象的，小朋友要培養他的愛，那麼一定要有一個比他弱小的物件讓他去愛。當時小學生正流行養電子小寵物，於是我突生靈感：可不可以養一個小颱風呢？用小朋友的愛去養它，最後把它回歸大自然。結果，故事寫出來後真的很受小讀者的喜愛。」

希望站在小朋友身邊，陪伴他們成長

也許是任職於特殊學校，更真切地看到成長中的兒童所遇到的各種困難和困惑，以及出自對兒童那種深切的愛？何校長的寫作題材和別的兒童文學作家有一個頗大的不同。一般的兒童文學作家都藉故事正面地向兒童傳遞歡樂、友愛、善良等元素，有意迴避生老病死等話題。但何校長卻藉自己的作品一次又一次的去觸及這些話題。「我希望能進入兒童的內心世界，陪伴他們經歷這些成長過程中不可避免的困惑。」

「《我的心在說話——一個自閉症兒童的故事》、《孤單天使》等故事適合高小以上的孩子閱讀。無論我

在運動場上，何校長與學生用手機自拍的趣怪相。（攝於 2012 年 2 月）

們成人怎樣保護，這個年齡段的孩子已漸漸體會到現實世界不會像童話般完美，會有很大的挑戰。寫《我的心在說話》這個故事時，我心裏很痛。我學校裏有很多這類型的小朋友，他們不會說話，但心裏有很多話，只是沒人聽到。我想代入小朋友的世界中，探索在困難、不公平、孤單、自己不能控制的情況下怎樣去度過

困境。

　　「我是以同行者的身分來寫，既反映他們的困惑，但也守着兒童文學創作的重要底線──無論有多少困難和挫折，盼望仍在。門關了，但還有一扇窗。其實這也反映了兒童的本質──他們的生命力很強，很有朝氣。因此，這個故事雖然是取材自現實生活中的一個個案，但我是以一首童詩來結束故事，表示了一種盼望。」

兒童文學一定要有兒童的靈氣

　　究竟怎樣的作品才算上乘的兒童文學作品呢？何校長強調說：「我認為兒童文學作品不等於兒童讀物，它必須具備以下條件：

　　「第一，有文學元素，故事有吸引力，可讀性要強，有幻想空間，有充足的思考空間，有優美的文字，讀者讀後有感情的迴響。

　　「第二，兒童文學和少年文學、成人文學不同，要有兒童的靈氣在裏面。這是一個很重要的元素。用孩子的眼睛去看世界，代入兒童心境，不要有太多的批判或顯而易見的道理。

　　「第三，兒童文學要守一條底線──歌頌真善美。但不是硬銷道理，而是通過一個故事讓讀者產生共鳴，讓讀者在閱讀中產生感悟，建立對真善美的追求，對身邊的人多一份愛和信任。優秀的兒童文學是十分耐讀的，它滋潤人的心靈成長。」

最高興作品能得到不同年齡讀者的喜歡

　　細數一下，何校長著作、編寫、編譯的作品近一百種，回顧三十多年的創作歷程，何校説她最高興自己的作品能得到不同年齡的讀者喜歡和認同。「有一次我到東南亞旅遊，一位團友知道我的名字後，在我面前背出一首我寫的童詩。我很詫異，那是寫給一年級小學生看的啊！團友説，她是和孩子親子共讀時讀到的，但一讀，就喜歡上了。我 1985 年寫的一本書，公共圖書館裏至今仍不斷有讀者借閱；我的學生向他們的孩子介紹《圓轆轆手記》。最近，有一個學生對我説：『校長，您寫給小朋友看的書我已全部讀完了，我現在看的是您寫的《校長手記——打開校

何校長的第一批弱能學生。（攝於 1981 年）

長的大門》。」讀者的喜愛，這是對我最大的鼓勵。」

　　何校長的作品曾獲香港中文文學雙年獎的推薦獎，此後，她由於大多數時候都擔任各種文學比賽的評審工作，便沒有再送作品去參賽了。對此她絲毫不覺得惋惜，反而很感恩地說：「我更感恩於我能有機會做評判，這一方面體現了讀者對我的肯定和認同，另一方面我可以看到許多即時的作品，了解當下兒童的狀況。」

　　談到現時的工作和寫作計劃，何校長說：「我很喜歡現在的教學工作，會繼續做下去。現在孩子已長大了，學校的工作也穩定下來，我多了自己的空間，因此會重新寫作，這是一項我很喜歡的工作。未來，我會把一個暫時擱下的作品完成。最近我去學攝影，朋友認為我取景的角度很特別，我覺得很有意思。」

　　是啊，不重複別人的軌跡，令何校長寫出特別的兒童文學作品。我相信，攝影方面取景的角度不同，將會令何校長對生活又有新的體悟，並由此而寫出角度嶄新的作品。

小說篇

養一個小颱風

1. 悶死人啦

「悶死人啦！」青華在公園的草地上把足球左腳交右腳，右腳交左腳，漫無目標地來回踢。

「喂！小朋友，草地上不准踢足球。」公園的管理員伯伯指着告示牌，向青華大聲喊叫。

「知道啦！」青華只好把足球抱在懷裏。

「這樣不准，那樣又不准！暑假有什麼好，悶死人啦！」青華心裏咕嚕。

青華沒有兄弟姊妹，媽媽每天上班，早出晚歸；爸爸在國內工作，星期天才回來。

今天本來約了既是同學又是鄰居的張嘉明到屋邨的球場踢足球，誰知道，嘉明臨時爽約。

「還沒有練琴，暑期作業又沒有做完，踢什麼足球！」電話筒除了傳來嘉明的唉聲歎氣外，嘉明媽媽的嚕囌也清晰可聞。青華幾乎可以看到嘉明那一張苦瓜乾似的臉孔掛

着一副無可奈何的神情。

於是，青華只好帶着踢不成的足球在公園獨個兒悶蹓躂。

2. 神秘的哭泣

「嗚嗚……媽媽呢？嗚嗚……我要回家！」

哪裏傳來一陣小孩子的哭泣聲？青華側耳細聽，四處張望……

屋邨的公園是公公婆婆的天地，有的伸手提足，耍弄着各式各樣自創的早操，有的在談天說地，誰也沒帶小娃娃。

「嗚嗚……媽媽呢？嗚嗚……我要回家！」

字字清楚，一點也沒有聽錯的。青華心中納悶，隨着聲音的方向，邊走邊找……

公園的另一面是一個兒童嬉戲區，小朋友都在家人的照顧下開開心心地打鞦韆，玩滑梯，笑聲朗朗，哪來哭泣聲！？

「嗚嗚……媽媽呢？嗚嗚……我要回家！」

青華隨着聲音的方向走過兒童嬉戲區，繼續尋找。

3. 不得內進

前面是一個用竹籬笆分隔出來的小樹林。欄杆上掛着一個紅色的告示牌：「樹木保育區，閒雜人等不得內進。」

「我可從來不知道公園裏有這樣一個樹木保育區？」青華奇怪地想，禁不住靠着竹籬笆探頭往內張望：樹木保育區內，綠葉在風中搖動，紅、橙、黃、白……大大小小不知名的花朵開得燦爛。

真是一個好地方！青華在心中讚歎。

「嗚嗚……媽媽呢？嗚嗚……我要回家！」孩子的聲音夾雜在保育區內小鳥吱吱的叫聲中，清晰可聞。

「就在這裏！」青華完全可以肯定。

4. 透明的娃娃

管不得「不得內進」的忠告，青華跨過竹籬笆，用手撥開樹枝走進叢林裏。

「小朋友你在哪裏？你是誰呀？為什麼哭？」青華彎着腰，一邊找一邊輕聲叫喚。

「我在這裏呀！」哎吔！聲音正正在青華的頭頂響起！

青華抬頭一看，目瞪口呆，往後退了兩步！

一個「娃娃」坐在青華身旁的一棵大樹上。（我一定要將「娃娃」這個詞加上引號，因為，如果你看見「他」時，也一定不會比青華鎮定。）

「他」的模樣就跟任何一個嬰兒一樣可愛，可是，「他」全身透明，陽光投射在「他」的身上，出現七彩晶瑩的折射。透過「他」的身體可以看到身後的樹葉在輕輕搖擺。

5. 失散了的小颱風

「你……是……誰？」青華真是一個勇敢的孩子！

「你們給我的媽媽起了一個趣怪的名字：圓規，那麼，我就是小圓規了。」「他」一邊啜大拇指一邊對青華說。

「圓規？七月十六日登陸香港的颱風？」青華記得很清楚，因為當日天文台發出八號颱風訊號，全港學校停課，青華多了一天特別的假期。

「是的，我是小颱風小圓規，嗚嗚……我要找媽媽……嗚嗚……」小圓規一邊哭，一邊向青華說出自己的遭遇。

6. 小颱風的故事

「我們颱風家族本來居住在菲律賓附近的海洋區域。就如你們喜歡假期出外度假一樣，每年，長大了的颱風都會在七至九月到日本、華南、台灣、香港等地方旅行。

「我們不用乘坐飛機的，呼嘯呼嘯，呼嘯呼嘯，在海洋上空飛啊飛，幾天就可以到達目的地。雷公公、閃電哥哥，有時暴雨姐姐還會同行，哇啦哇啦的好不熱鬧！

「不過，這都是大颱風的玩兒，沒有小孩子的份兒。多麼不公平！那天，我聽見媽媽向爸爸說要到香港旅行，

我就靜悄悄跟在她的背後，呼嘯……呼嘯……飛啊飛，就這樣到了香港。

「這還是我第一次離開家鄉呢，我看見一幢幢大廈就像小山一樣高，還有好多好多的人，他們那紅橙黃綠的雨傘給媽媽吹得左搖右擺，太好玩了！可是，看着玩着，我竟然忘記緊緊跟隨媽媽。

「第二天，我聽你們的天文台說我的媽媽走到內陸去了。我心急得到處找她，可是，我不是告訴你嘛，這是我第一次出門，什麼是內陸？在哪裏？我完全不知道。最後，就決定在這個公園住下來，再玩一會兒。我想，媽媽回家看不見我，一定會回來找我的。可是，我在這裏玩了這麼多天，等呀等……嗚嗚……

「嗚嗚……還不見媽媽，好哥哥，你幫我找媽媽吧！」

7. 帶小颱風回家

青華是一個樂於助人的好孩子，可是，怎樣為小颱風找回媽媽？這真是一個大難題。青華托着腮，皺着眉頭想了又想，還是想不出好方法來。

「小圓規，這樣吧，你先到我家住下來，待我再想想

辦法吧！」

「好呀！」小圓規高興得拍起手來，不哭了，一咕嚕兒鑽進青華的背囊。

青華背着脹卜卜、輕飄飄的背囊回家去。

上一次，青華從街上帶了一隻受傷的小狗回家，可是，偷偷養了幾天，就給送到愛護動物協會去了，因為根據公共屋邨的規例，住戶是不可以飼養小動物的。

這一回，養一個小颱風，應該沒有問題吧！

8. 威仔，我掛念你！

有時候，青華覺得大人的心一定和小孩子的心不一樣；大人的感覺一定不同小孩子的感覺；大人的眼睛也和小孩子的不一樣，所以有時候雖然是同一景物，大人看見的和小孩子看見的卻截然不同。

上一次，青華把威仔從街上撿回家，當時牠病得連站起來的氣力也沒有，軟弱無力地躺在地上哼哼唧唧的叫，十分可憐。青華給牠起一個威猛的名字，就是希望牠快點康復，威威猛猛。可是大人卻說了一些青華不能明白的說話。

「唔，撿一隻又跛又生癬的病狗回家有什麼好？要養都應找一隻精靈趣致的啦！」隔壁的張師奶搖搖頭對威仔評頭品足。

老師常常教導我們要關懷弱小，威仔又跛又病，不正是更需要別人照顧嗎？

雖然媽媽明白青華的心意，但結果只能讓威仔留幾天，因為屋邨的管理員到青華家來拍門說：「根據公共屋邨的規例，住戶不可以飼養狗隻。要是你們堅持養狗，就是觸犯條例，房屋署可以撤消你們的居住權。」

最後，爸媽還是決定把威仔送走。

青華抱着威仔哭呀哭！威仔是他的，為什麼決定牠的命運卻是房屋署和爸媽？

威仔沒有哭，但牠依偎在青華的懷裏不停地顫抖，兩隻水汪汪的大眼睛眨呀眨，悽悽地哼哼低鳴。可是，大人們卻看不見，聽不到。

「男兒流血不流淚！」爸爸拍拍青華的膊頭説。

身體受傷就流血，心痛得很就流淚，為什麼要分男女呢！

「不要哭啦，將來發達住私家樓，再養十隻八隻也不遲啦！」還是那個張師奶。

威仔只有一隻，與別不同的一隻，就是眼前這一隻！獨一無二的一隻！為什麼張師奶看不見眼前的威仔，卻看見未來的十隻八隻狗？

可是，無論青華怎樣抗議，也不能否定一個事實：威仔可能會令他們失去現在的居所。就這樣，青華只能一邊哭，一邊眼巴巴地讓爸爸把威仔送到愛護動物協會去了。

「威仔，我好掛念你啊！」青華的眼睛濕濕濛濛，幾乎看不見路了，耳邊彷彿仍可以清晰聽見威仔的哼叫。雖然已經是去年的事，現在回想起來，他的心還在隱隱地痛，眼淚還是禁不住流下來，「小圓規，我們快回到家了！」青華伸手輕拍一下背囊，對小圓規説。

「知道啦，好哥哥。」背囊裏傳來小圓規的回應。

這一次，青華決心一定要把小圓規好好藏起來，誰也不能把「他」帶走！

9. 小圓規真機警

原來養一陣風比養其他小寵物容易得多！

小狗吃骨頭，花貓吃魚，養熱帶魚也要餵紅蟲魚糧。可是，風什麼也不吃，什麼也不喝！不用跟爸媽要錢買飼料，解決了一個大難題！

養小動物，上廁所又是另一個大難題。管理員叔叔說經常接獲狗隻隨處便溺的投訴，有礙公共衛生和健康，也怪不得他們不喜歡居民飼養狗隻。可是，小圓規不吃也不喝，當然也沒有上廁所的需要，清潔衛生！

青華家的房子並不大，不足三十平方米的地方，兩個小房間，還有一個小得只容得下飯桌椅子的客飯廳。單一隻眼睛也可以把全屋看得清清楚楚，他能把小圓規藏在哪裏呢？

唔，風無影亦無形，小圓規可以自由自在地進出任何空間，那就好辦了。

「小圓規，除了我以外，不要讓別人發現你，更不要做聲，要不然，我就不可以把你留下來了。」青華捉着小圓規的手，十分認真地對「他」說。上一次，威仔就是因為吠了幾聲，給張師奶發現了。

小圓規攬着青華，乖乖地使勁點頭：「好哥哥，我聽你的話，我不想再孤零零的一個呆在公園裏，我們做對好朋友吧！」「他」親親青華的臉頰，唔，一陣清涼！

對於風來説，要守這個承諾一點也不難。當家裏有其他人的時候，小圓規有時躲進青華的衣櫃裏睡大覺；有時躺在牀下啜手指；有時鑽進枕頭袋裏扮氣球。昨晚晚飯的時候，「他」飄浮在天花板上，還向青華扮鬼臉，真頑皮！

誰也不知道青華養了一陣風，實在太好了！

10. 小圓規真有用

「家裏真舒服！無論街外怎樣悶熱，家裏卻總有陣陣清風，涼快極了！」每一次爸爸回家都不禁讚歎。

「是呀，最近連空調也不用開，青華的鼻敏感也沒有發作了。」媽媽最關心的是青華的健康。的確，鼻敏感困擾了青華多年，每逢空氣污濁不流通或長時間困在冷氣間，他都會鼻塞，眼睛痕癢，十分難受。

那天收到電費單，媽媽高興得叫了起來：「哇！不用開空調，電費省了好幾百元！」

「真奇怪，最近天文台不是經常發出天氣酷熱警告

嗎？又說空氣污染指數高企不下，為什麼我們的家總是那麼清爽涼快？」爸媽摸不着頭腦，自言自語地問了好幾次。青華吐吐舌頭聳聳肩，他看見小圓規正在家中翩翩起舞。

除了為青華的家帶來意想不到的涼快外，小圓規更會幫忙把洗好的碗碟、衣物吹乾；吹走櫃面、桌椅的塵垢；下雨後把濕漉漉的大廈走廊吹得乾爽，叫老人小孩走起來更安全穩妥。小圓規這個乖乖的風寶寶，實在值得誇獎！

11. 新玩兒

最近，放風箏成了青華最喜歡的玩兒。屋邨附近小山坡上的一片空地，成為青華和小圓規的遊樂園。有小圓規的幫忙，青華的風箏不單可以輕易起飛，而且飛得很高很高。

有時候，青華的風箏飛啊飛，在高高的天空上，變成蝌蚪那麼的小丁點，小圓規和風箏蝌蚪在白雲海洋裏穿梭暢泳。

有時候，青華的風箏又像一架會作花式表演的飛機，在空中或翻着跟斗，或高速飛行。當風箏急速俯衝直下時，地面上正在玩耍的小朋友都不期然哇哇大叫，以為青華的

風箏會跌得粉身碎骨，它卻忽然煞住了下墜的跌勢，調頭再往藍天昂揚飛去。小朋友們都禁不住拍手叫好，歡呼起來。在孩子的歡樂聲中，青華看見尾隨風箏的小圓規也在空中為自己的精彩表演開心得手舞足蹈呢。

小圓規最喜歡和小孩子一起玩耍，畢竟，「他」也是一個風孩子嘛！學校是最多孩子的地方，「他」當然不會錯過！

12. 才不要犯險

小圓規除了喜歡跟青華玩耍，更喜歡聽他說學校裏的故事。什麼小息踢球，音樂堂唱歌，連語文和數學課的情境，「他」都聽得津津有味。因為，颱風是不用上學讀書的。對於小圓規來說，學校一定是一個新奇又好玩的地方，不然為什麼每個孩子都要進學校？

「好哥哥，帶我到學校玩玩啦！」小圓規向青華央求了好幾次。可是青華總是搖頭。

手冊內的校規第三條明文規定：「為免影響學習，未經老師批准，學生不可擅自攜帶任何寵物或玩具回校，違者記過一次。」

首先，青華還搞不清楚小圓規究竟是不是可以列入寵物的類別。再者，今年的班主任黃老師是出名狠心的，帶小圓規回校？唔，上星期，張俊傑帶了一部遊戲機回校，才威風了一個小息，就給黃老師發現了。遊戲機當然被沒收，還逃不過記過見家長的厄運。

13. 求一陣風

學校每天上課前都會舉行早會，全校的一千多名同學齊集在操場上，聽完當天的訓示和宣布才回教室上課。這樣的早會，通常是台上台下一樣說得起勁的時候，台上的校長或主任希望透過擴音器的幫助把話語裏的信息全部都送進學生的耳朵裏、心頭上。台下的學生卻借助人多勢眾，隊頭隊尾，老師難以兼顧，竊竊私語，閒扯着那些永遠說不完的話題。

一年中幾乎只有一天──九月三十日國慶節前夕，這一天早會，主角不是校長或者主任，台上雖然沒有訓話，操場上的每一個人卻莊嚴肅立。

十月一日是國慶日公眾假期，學校大都會在國慶節前夕的早會上，把所有同學齊集在操場上進行升旗禮。不要

小看這短短十分鐘的儀式，對於儀仗隊的同學來説，是整整一年嚴格訓練的匯報。年中除了國慶外，只有開放日、畢業典禮等大場面才會舉行升旗儀式。典禮上全場莊嚴肅立，千多對眼睛（如果架上眼鏡的當雙份計算，可能是二千幾對呢！）全部注視在旗手身上，擔任升旗是一個叫人自豪的任務，升旗隊的成員全部都是老師推薦，品學兼優的學生；而且旗隊要接受每周一次的嚴格的步操訓練，體魄強壯十分重要，因此，只會死讀書的書呆子也就當不成旗手了。學校裏每一個男生都以當上升旗手為榮。

今年，青華正是負責升國旗的旗手，這個光榮的任務叫他興奮莫名。最近，每天放學他都要留校作步操綵排，沒有機會和小圓規玩耍了。

這天，是最後綵排了，天氣特別悶熱。校園的樹葉和小草，被火紅的太陽暴曬了一整天，蒸發了大量水氣，都變得垂頭喪氣了。步操完畢，青華與同是升旗手的李嘉明和陳曉亮（每一次升旗，除了國旗外，還有左右兩旁的特區區旗和校旗）踏出校門，打量着灰茫茫的天空，大家都不禁皺起眉頭。香港這三兩年，空氣污染情形越來越惡劣，在沒有風的日子裏，空氣中的懸浮粒子凝聚，嚴重影響四周的視野。

嘉明舉頭凝望校園高高的旗杆問：「唔，你們現在最大的心願是什麼？」暑假期間，正值奧運比賽，每次電視播出中國選手登上冠軍寶座時，國旗在藍天下飄揚，他的心總是激動不已。今年是他首次當上學校的升旗手，負責升區旗。

「天氣晴朗，涼風勁吹，旗幟飄揚！」曉亮不加思量地回答，出口成文，句子整齊鏗鏘，高才生即是高才生。

「難啦！天文台預報這個星期都會是這樣的天氣，半點風也沒有！」嘉明聳聳肩膊說。

其實，這些資料，他們三人都不約而同各自上網查閱過了。

「唉！」想起明天旗杆上三張乏力、垂頭喪氣的旗幟，怎不叫他們的心往下沉。

「風呀！給我一陣強勁的風，明天早會好好的吹！」曉亮和嘉明張開手臂，仰天大叫，稍稍舒展一下心中鬱結的悶氣。

「對！」青華腦裏靈光一閃，忽然變得胸有成竹，輕輕鬆鬆地拍拍曉亮和嘉明的肩膀說：「好吧！明天我給你們帶來一陣強勁的風！」

曉亮和嘉明來不及回應青華這個又古怪又大言不慚的

承諾，他已三步當兩步走，急急的跳上回家的公共汽車去了。

你當然猜得到青華要找誰幫忙啦！

14. 青華哥哥帶我上學去

「不可以讓其他人發現你，要不然，老師要記過，要見家長的。」

「不可以吹倒學校的東西，破壞公物是犯校規的。」

「不可以……」青華一邊走，一邊向小圓規數說一大堆「不可以」。躲在他書包內的小圓規實在聽得有點不耐煩，從未完全拉妥的拉鍊袋口溜了出來，將青華的領帶和頭髮吹得直直豎起。

「還有，最重要，最最重要的，不可以惹那些女生。她們是最多事的，動不動就向老師告狀。」青華一手把小圓規捉住塞回書包。

「知道啦！」小圓規在書包裏悶聲回應，只要青華哥哥肯帶「他」回學校，「他」什麼都答應。

「青華哥哥，我聽你的話，帶着旗幟一起跳舞，一起飄揚。」小圓規緊緊記着青華早上對「他」的吩咐。

「謝謝你，小圓規。」青華用手輕拍書包：「你看，我們到學校了。」

15. 小圓規，大任務

全校從小學一年級到六年級合共廿四班，一千多名的學生齊集在校園是頂壯觀的事情。你看，女同學穿着紅白藍的方格校裙多麼整齊漂亮，男生們的襯衫在陽光的照射下顯得特別潔白亮麗。可惜的是天氣沒有半點改善，空氣凝滯，悶熱得很，一點風兒也沒有。受空氣污染的影響，懸浮粒子把四周弄得灰灰茫茫，大家的心情也像蒙上一層灰，他們已經很久很久沒有看見藍天了，唉！

「慧心小學，慶祝中華人民共和國建國五十五周年的升旗儀式，現在開始！」老師在露天講台上宣布。全體同學默默肅立，鴉雀無聲。

「唰唰，唰唰……」升旗的儀仗隊踏着整齊有力的步伐昂首闊步進場來了，帶頭的正是分別捧着國旗、區旗和校旗的青華、曉亮和嘉明。

「真是好看啊！」小圓規從未見過這麼多小朋友集合在一起。青華穿起潔白的儀仗制服又帥又神氣，小圓規不

禁忘形，拍手叫好：「青華哥哥，了不起！」幸好透明的小圓規高高飄浮在樹梢上，大家聽不見「他」的話，不然就壞事了。

此刻，儀仗隊已經步操到台前了，升旗手小心翼翼紮好旗幟，使勁向前一揚，雄壯的國歌響起了。孩子們的歌聲清脆真摯，整齊激昂；一雙雙晶亮的小眼睛仰望着低垂的旗幟緩緩沿着旗杆慢慢爬升。當旗幟到達旗杆頂時，一陣活潑的風在旗杆頂翩翩起舞，三張本來下垂的旗幟，隨風飄盪起來，輕快地起舞，在灰暗的天空下，揚起陣陣火紅的旗浪，不緩不速，盈盈有致，好看極了！「噢！」操場上抬着頭仰望的小朋友都不禁張開嘴巴讚歎。

升旗典禮在小朋友們熱烈的歡呼和雷動的掌聲中順利

完成了！「做得真好！」校長逐一和青華、曉亮和嘉明，還有儀仗隊的每一位隊員握手祝賀。

「真奇怪，操場上明明燠熱得像一個焗爐一樣，為什麼忽然會吹來一陣風？而且好像帶着旗幟跳舞一樣，飄動得那麼好看的旗幟我還是第一次看見。」曉亮和嘉明實在摸不着頭腦。

「唏，我不是說過叫你們放心，我要帶一陣強勁的風回來嘛！」青華扮着鬼臉嘻嘻地說。

「吹牛皮！」曉亮和嘉明唪着回應青華。

早會上，小圓規的確立了功，但往後的幾小時，「他」也惹來大麻煩。

16. 青華的吩咐

如果不上課，留在學校其實是一件挺悶蛋的事情，尤其是今天，早會之後，將舉行上學期測驗。各班同學魚貫進入教室溫習，準備一會兒進行語文、英文及數學三個主要科目的測驗。誰也沒有心情聊天玩耍了。

進教室前，青華悄悄地跟小圓規說：「教室開了空調，關了窗，你不要進來，你自己在校園裏逛逛，記住……」

「不可以讓其他人看見，是不是？」小圓規聳聳膊頭說，今天早上，他已經聽青華重複了好多遍。

「小圓規真醒目！」青華為自己的囉唆感到一點點不好意思，但最後還是要再吩咐小圓規一遍：「千萬不要闖禍！」

小圓規點頭答應青華，小圓規真是個乖孩子！

可是，青華忘記了，從未上過學的小圓規，根本不知道在學校裏什麼叫闖禍。

17. 測驗卷飄啊飄

小圓規決定探訪學校的每一個角落。「他」可比同學們幸運，同學們每天要背着沉甸甸的書包，爬六七層高的校舍，幾百級的梯級，好不吃力呀！小圓規多輕鬆，「他」只是飄呀飄，飄呀飄，就可以自由自在的在每層校舍間遊逛。

幾乎每個課室都傳出孩子的唸書聲。在五樓校務處的走廊，兩位工友推着一輛放滿測驗卷的手推車，正要往各層派發。

「這小山般高的紙張寫的是什麼？」小圓規實在好奇，

不禁探頭往考卷堆裏翻。

「噢！哪裏來的風？」工友一陣驚叫，急忙用手按着手推車上的測驗卷。太遲了！霎時間，幾千張測驗卷從手推車上吹起來，有的散落地上，有的在走廊上飄呀飄，還有不少飛出欄杆外，像一隻隻斷線的小風箏，在操場的上空飛呀飛，飛得乏力了，才慢慢降落在操場的地面。

教室內的同學和老師都被這個突如其來的景象吸引了，大家都跑出門外看個究竟。當大家拾起四處飄揚的紙張時，都不禁驚訝，議論紛紛：

「啊！小三的英文卷？」

「我這張是小五的中文卷。」

「哇？還有小四的數學呢！」

雖然老師立刻阻止同學傳閱那些測驗卷，但鑒於大部分的考卷已經曝光，不能再用了。校長只好決定全校的測驗押後一周。當學校的擴音器發出校長這樣的宣布時，同學們都禁不住拍手歡呼。躲在大樹上的小圓規看見孩子們那麼高興，還以為自己做了一件了不起的好事情。

18. 校長的煩惱

「鈴鈴，鈴鈴……」

小息的鐘聲響起了，孩子們飛快地跑到操場去，找自己喜歡的玩兒。沒有測驗的小息是最痛快的！

「我要跟小朋友一起玩！」小圓規心裏想。

「唔！」不過他記起青華的吩咐，不禁皺起眉頭來。

「反正不讓他們看見就是了！」小圓規對自己說。本來對於無色無形的風來說，要讓人們看不見，一點也不難，可是，他是一個小颱風呀，到過的地方，豈能不留下一點痕跡？

　　你看，小圖規到了小賣部，一串串圓渾渾的魚蛋，竟然風車似的在竹枝上打轉轉；一包包吊掛着的袋裝薯片、蝦條，隨着小食部老闆娘的驚叫聲，像氫氣球一樣被吹到半天去。

　　「哎呀！哪裏來的怪風？」大家都不禁叫嚷。

　　還未來得及找答案，操場上的女生已經呱呱的發出陣陣亡命的驚叫。

　　不好了，小圓規竟然忘記了青華一再叮囑：「女生是不好惹的！」

　　「他」跑到操場的女孩子堆裏，將她們的裙子吹得像倒翻了的花傘，怪不得女生們都咿咿呀呀地驚呼起來，有的一邊用手按着裙子，一邊奔進洗手間，有的直哭着跑去向校長投訴，她們一口咬定是壞男生的惡作劇。

　　「哪裏來的怪風？」

　　「哪裏來的怪風？」

　　「哪裏來的怪風？」

　　一時間，全校的人都在問（當然，青華除外），為了確保學校的安全，校長決定報警調查：

　　「學校裏發現不明來歷的怪風！」校長在電話上向警方報告說。

「嚇？風？那應該報告天文台才是哦！」接聽電話的警察實在有點摸不着頭腦，作了這樣的回應。

不過，今天實在發生太多奇怪的事情了，校長決定在將事情調查清楚之前，讓學生提早放學較為安全。當學校的擴音器發出校長這樣的宣布時，回應的又是孩子們的一陣歡呼。看見孩子們那麼高興，小圓規又以為自己做了一件了不起的好事情。

孩子們提早下課後，校園卻回復一片平靜，微風不動，燠熱不堪。校長納悶得很，因為他仍然搞不清：

「校園裏發現不明來歷的怪風，究竟應該報告天文台還是警署呢？」

唉！

19. 小颱風越來越沉靜

經過那天帶小圓規回學校一逛，鬧得滿校風波，停課半天。青華當然再也不敢冒險帶「他」四處蹓躂了。奇怪的是，本來活潑好動的小圓規最近似乎變得安靜起來，有時候還會獨個兒望着窗外沉思。踏進十月，青華的功課越來越忙碌，外出玩耍的時間也越來越少了。「小圓規」不

但沒有鬧彆扭，「他」更喜歡留在家裏陪伴青華看書做功課，有時候還給他奏音樂呢。

青華最喜歡欣賞小圓規的演奏，房間的窗前掛了一個小風鈴，小圓規輕輕的吹，風鈴就柔柔地擺動：

叮噹，叮噹，叮叮噹噹……

四周飄盪着串串鈴聲，悠揚悅耳，動聽得叫人心醉！

20. 小圓規一天比一天縮小

這個星期六不用上課，青華拿出一隻七彩蝴蝶風箏，興致勃勃地向小圓規提議：「我們到山上放風箏吧！」

「唔唔。」小圓規卻把「他」透明的大頭搖了又搖。連上山放風箏也提不起勁？青華十分驚訝！小圓規已經很多天沒有出門了。「他」那沒精打采的樣子實在叫青華有點擔心。

「喔，讓山上那羣小娃娃再見識一下我們這隻獨一無二，世界上飛得最高、最勁的彩蝴蝶啦！」青華知道小圓規最喜歡聽見小朋友的歡呼喝彩聲。

「唔唔。」小圓規還是搖着他的大頭，啜着手指頭躲到青華的牀上睡覺去。

　　根據青華自己的經驗，當他連玩耍的興趣也沒有的時候，一定不會是好事情。他學着媽媽，把手輕輕按在小圓規的額頭上。一陣冰冰涼涼，青華差點兒忘記了颱風是沒有體溫的。雖然探測不到小圓規的體溫，但最近青華發覺小圓規睡覺的時間越來越多，活動的時間卻越來越少，而且個子也明顯一天比一天縮小。

　　人病了要看醫生；動物病了也有獸醫可以關顧；可是小颱風病了，怎麼辦好呢？青華感到束手無策。

21. 我們屬於夏天

　　十月二十五日，電視的新聞節目正在報道洛坦——一個強勁的颱風吹襲台灣的消息。

　　「快來看，快來看！」青華把牀上睡着了的小圓規牽到客廳來，一起看電視新聞報告。西裝筆挺的新聞報告員神色凝重地報道：

　　「台灣正在受到特大颱風洛坦的吹襲，台北和宜蘭縣都出現高達十八級的強風，洛坦帶來台灣自一九七七年以來最強勁的陣風。風力之強，令許多民眾還以為發生地震。」電視出現不斷搖晃的畫面，傾盆大雨，一棵棵的大

樹倒塌得橫七豎八，從山上滾滾落下的大石堆塞了大小公
路。

「洛坦帶來超大的豪雨，使基隆等地八成的地區成了
水鄉澤國，部分地區淹水更達一、二樓之高。」畫面上又
見到基隆市的救護人員在大街上以橡皮艇救出一個個受困
的居民。

「呀！好厲害的洛坦！」香港的夏天雖然經常也有颱
風到訪，但在青華的記憶中，似乎從未見過威力這麼巨大
的颱風。

「小圓規，幸好你只是一個颱風娃娃。」青華擁着小
圓規說。

「洛坦不過在執行上天分派給她的工作。我們颱風是
大自然的平衡者，地球氣象的清道夫。」小圓規一本正經
地說。

青華發覺最近小圓規的個子雖然變得越來越小，但說
話的口吻卻越來越像大人，有些說話連他也聽不明白。無
論如何，青華還是不喜歡颱風帶給人類的災害，他皺着眉
滿臉疑惑。小圓規似乎看透了青華的心意。

「青華，你不用擔心。中國華南沿岸附近的颱風，
大都是夏天的颱風，夏天過去後，就不用擔心颱風的威脅

了。」小圓規安慰青華。

「我們屬於夏天，現在……秋天……已經……開始了。」小圓規一邊説，一邊徐徐閉上眼睛又睡着了。

青華輕輕把小圓規抱回牀上去。現在叫青華最擔心的不是台灣的災情，而是嗜睡的小圓規。

22. 小風鈴的歌

夜深了，一陣透心的清涼呼喚着睡夢中的青華，他揉揉惺忪的睡眼。夜涼如水啊！他連忙披上牀邊的外套。

「再見！青華，再見了⋯⋯」矇矓間一把聲音若隱若現，是誰在說話？

一陣莫名的預感叫青華急急下牀，輕手輕腳在房間四處找尋：「小圓規！小圓規！」

回應的是四周的寂靜，小圓規不見了！

「我們屬於夏天，現在秋天已經開始了。」青華忽然記起小圓規今天說的話，他的心一陣疼痛。

青華看見桌前的小窗被推開了，秋天的夜空特別澄明，雲薄星稀。一顆滿滿盈盈的秋月，銀光灑落了四周的漆黑，秋風撲面，陣陣冰涼。

「叮叮，噹噹，叮叮，噹噹⋯⋯」窗前的小風鈴又奏起悅耳的歌：

「再見！青華，再見！」

我的心在説話——
一個自閉症兒童的故事

1. 你聽見了嗎？

那一天，我跟媽媽在街上走着走着……

「車車，車車。」我聽見自己的嘴巴在説話。

我的心會説很多很多的話，但是我的嘴巴不會。而且，告訴你（不過，只是我的心在説，也許你聽不見），有時候，我的嘴巴雖然説了話，人們都會不耐煩地搖頭，他們的嘴巴也説話：

「傻仔，咿咿呀呀，誰曉得你咿呀什麼？」

錯了！錯了！他們的嘴巴都説錯了！

我的名字不是「傻仔」，是「文仔」。爸爸媽媽懂得我嘴巴説的話，有時連我心裏説的，也聽得見；還有學校裏的陳老師、李老師、林東生、朱萍……很多很多同學也懂得。

「車車，車車。」我又聽見自己的嘴巴在説話。

「今天不乘車。外婆生日，我們要趕回家跟她吃飯。」

媽媽拉着我的手，一邊走一邊說。

我的心在說：「我不要回家跟外婆吃飯，我看見大巴士，看見地下鐵，我要乘車。老師教我的，我都認得。我要乘車，明天回到學校我要告訴林東生、朱萍，我乘了大巴士，乘了地下鐵。」

可是，我的嘴巴只會說：

「車車，車車。」「車車，車車。」……

「不乘車！我們要去買禮物，趕時間啊！」我看見媽媽的嘴巴在動，這些聲音從媽媽的嘴唇走進我的耳朵裏。

很奇怪，有時候當人們的嘴巴在不停的動，我聽見他們說話，知道他們說什麼。有時候，雖然人們的嘴巴也是不停的動，我只覺得一大堆聲音走進我的耳朵，很吵，很討厭！

我要用手掩着耳朵，不讓那些聲音走進來。我要不停的搖頭，把聲音趕走。

「傻仔，傻仔！」路上的人望着我，嘴巴在動。這些聲音走進我的耳朵，很吵，很討厭！

媽媽拉着我，走得很急，我想多看一下路上的大巴士也不可以。我的心在喊：「乘大巴士，乘地下鐵。」

我的頭在嘰嘰咕咕吵，還不斷在發脹，我的手不要我的頭吵，不要它發脹，我的手啪啪地打我的頭。

「十五歲，是大哥哥啦！不要再打頭！」媽媽在搖頭，嘴巴一開一合，眉頭皺成一線，説：

「唉！再這樣，人家又會説你是自閉症傻仔了。」

2. 我喜歡車車

媽媽拉着我走得很急，我想多看一下路上的大巴士也不可以。我的頭在嘰嘰咕咕吵，我的心一次比一次大聲地喊：

「乘大巴士，乘地下鐵。」……

「乘大巴士，乘地下鐵。」……

「乘大巴士，乘地下鐵。」……

媽媽在路旁的水果檔把蘋果和橙放進袋子裏，一輛巴士停了，開了門，我跟着路旁的人上車。因為我的頭在嘰

嘰咕咕吵，我的心一次比一次大聲地喊：

「乘大巴士，乘地下鐵。」……

「乘大巴士，乘地下鐵。」……

「乘大巴士，乘地下鐵。」……

我在巴士裏向媽媽揮手，我的心裏説：

「媽媽，再見！」

媽媽，你聽見嗎？

「喂，買票呀！」巴士裏的司機叔叔説。

我不明白。每次乘車，我就是跟着媽媽或老師，司機叔叔沒有這樣跟我説過。

「買票呀！」司機叔叔的口張得很大，很大。為什麼他的口張得那麼大？我望着他的大口不知道怎樣才好。

「哎呀，原來是傻的，倒霉！」這些聲音從司機叔叔的口送進我的耳朵。我不明白他為什麼不高興。

司機叔叔不再説話了。他握着一個大圓圈在轉呀轉。我很喜歡那個大圓圈，很想伸手摸一摸它，轉一轉它。

「孩子，這裏有位，來，坐下！」一個婆婆向我揮手。她的聲音很動聽，相貌像我家裏的婆婆，很親切！

我走到婆婆身邊，坐下。老師説我是一個聽話的孩子。

「為什麼一個人上街？你要乘車到哪裏去呀？」婆婆

搖搖頭説。

我的心要告訴婆婆，我是和媽媽一起的，我喜歡車車、巴士、小巴、的士，還有長長的地下鐵和火車，都是我最最喜歡的！於是我的嘴巴説：

「媽媽，車車。」

巴士停了，門又開了。

哎呀！我看見火車，我真的看見火車！

我趕忙跳下巴士。

婆婆在我背後叫：「危險呀！」

婆婆不高興，為什麼她不高興？

噢，我只顧着走，忘了向婆婆説再見。

我看見火車，我最喜歡火車，我要乘火車！

3. 火車開了

火車站人很多，他們也跟我一樣喜歡乘火車。火車站很大，哪兒是火車的入口呢？嗯，我要跟着前面的姨姨，她拖着一位小朋友，一定知道怎樣上火車的。

「媽，他老是跟在我們後面。」小朋友指着我向姨姨説。我向她們微笑，我想告訴她們，我跟她們一樣喜歡乘

火車，於是我說：

「車車，車車。」

「是個傻仔。我們走快點，說不定他會打人！」我聽見這些話從姨姨的嘴巴溜出來。

誰是「傻仔」？我叫「文仔」！

誰打人？我看看四周，沒有人在打架呀？！

我不明白。

她們急步的走，我要走得很快才跟得上。

「嘟嘟」！

姨姨和小朋友在一根鐵桿前停了一停，鐵桿發出奇怪的聲音，轉動了，她們就走了過去。

「等等，等我！」我的心對她們說，可是，她們沒有理會。

我站在鐵桿前，可是它不叫「嘟嘟」，也推不動，我不能走過去。我想哭！

「喂，不入閘的，就不要阻路。」後面一個叔叔高聲地說，還用力把我推到地上。

「嘟嘟」！鐵桿又發出奇怪的聲音，轉動了，叔叔進去了。

「嘟嘟」，「嘟嘟」，「嘟嘟」……

　　我看見一個又一個大人、小孩子都進去了。可是，為什麼鐵桿不讓我走進去？

　　我聽見火車的聲音，我要乘火車！我要乘火車！

　　我鑽過鐵桿下面的洞不就可以了嗎？哈！我過來了。雖然鐵桿不叫「嘟嘟」，我也過來了。

　　「他沒有用八達通。」後面一個穿着漂亮紅裙的姐姐指着我，對她身邊的大哥哥說。

　　「管他！」大哥哥不耐煩，拉着她往電動樓梯走。我

跟在他們後面，姐姐的紅裙很美麗。

電梯到達火車站月台了。哈，我的火車來了，銀白色的火車，很長，很長。

火車張開一個個哈哈笑似的大口，歡迎我們啊！

我跟大家一起走進火車的大口。火車開了，我高興得拍起手來，車廂裏的人看着我，我向他們笑，我的心在說：「我跟你一樣乘火車！乘車真好。」於是我的口說：「車車，車車。」

可是，他們沒有回應，看報章的看報章，聽收音機的聽收音機，講電話的講電話……

火車開了，開得很快，很快！

4. 我要找媽媽

我喜歡火車，現在我在火車上，好極了！

火車開了一會，又停一會；有些人上車，又有一些人下車。我喜歡火車，我不下車。

火車停了又開，開了又停。開得很遠，很遠……

這一次，它又停了，我聽見火車姐姐這樣說：

「這是羅湖終點站，請各位乘客離開車廂。」

火車不動了，它要休息麼？要睡覺麼？

人們都下了車。他們要到哪裏去？我的腳跟着大家一起走。我的腳要到哪裏去呢？

這裏人很多呀！他們推呀推我向前走。

我又看見那根會「嘟嘟」響的鐵桿。雖然鐵桿不給我響「嘟嘟」，但是我鑽過鐵桿下的洞，又可以跟着很多人向前走。

「媽媽，哥哥不用八達通。」我身邊的一個小弟弟跟一個姨姨説。

「不要多管閒事，我們要趕過關。」姨姨説。

媽媽？這個姨姨叫媽媽？

不，她不是我媽媽。

媽媽呢？我看不到我的媽媽！

「媽媽？媽媽？」我聽見我的口不停地叫。

「媽媽，哥哥在找媽媽。」那個小弟弟又對姨姨説。

「我不是説不要多管閒事嗎？我們要趕過關呀！」姨姨高聲地對弟弟説。弟弟合上嘴巴了。

前面很多人在排隊，他們在一個個穿着制服的叔叔和姨姨跟前排成一條又一條長長的人龍。媽媽一定在前面，我用手撥開身邊的人，我要找媽媽。

哎呀！我看見了，前面很遠的，好像就是媽媽。我要快，快快追過去。我的腳飛快的跑，我要追，追媽媽！

「喂，證件呀！喂，沒有證件不可以過關！」我聽見後面兩個穿制服的叔叔在高聲吵叫。

「喂」？誰是「喂」？他們在跟誰說話？

我不要管，我要快，快點找媽媽。

我的腳跑呀跑，跑呀跑，再聽不見穿制服的叔叔高聲吵叫的聲音了。他們找到「喂」嗎？

我不要管，我要快，快點找媽媽。

我跑得很快，我跑過了一座橋，跑過了很多人，我的腳停住了。

這是什麼地方？人很多呀，他們又在另一些穿制服的叔叔跟前排隊。我雙眼四處張望，我看不見媽媽。

媽媽呢？

我的心卜卜跳……卜卜跳……卜卜跳……

媽媽，我找不到媽媽！

我的頭發脹……發脹……發脹……

我不要我的頭發脹，我用手打我的頭。

我找不到媽媽，我的口高聲叫：「媽媽，媽媽。」

媽媽，你聽見嗎？

5. 他們抓住我

我用手推開前面的人，我要找媽媽。

一個穿制服的叔叔坐在高高的椅子上，高聲對我說：「喂，證件！」

我不認識他，他說話的聲音太大了，很難聽，我用雙手掩着耳朵，我把頭堆在自己的胸前，我要我的腳快快的走。

「闖關的，快捕住他！快捕住他！」我身後響起一大堆吵鬧聲。

很多，很多，一個，兩個，三個，四個……很多個穿着制服的人向我衝過來。

我很害怕！媽媽，我很害怕！

我來不及叫媽媽，已經被他們推倒在地上，他們是誰？我全都不認識啊！

他們嘰咕嘰咕的說了一大堆話，我聽不懂，我的耳朵不要聽。

他們很用力的捉着我的手，我很痛，我哭，我聽見嗚嗚的哭聲從我的嘴巴溜出來。

他們一定是壞人，他們也捉了我的媽媽嗎？我要找媽

媽，我用腳踢他們。

哎呀！誰重重的打我的頭？

我的頭發脹……發脹……發脹……

我的眼發黑……發黑……發黑……合上了。

當我的眼睛再次張開的時候，我坐在一張椅子上！

很奇怪，我的手不能動，我的腳也不能動，它們全被兩個圓形的扣扣住了。

我看見兩個穿着制服的叔叔，大頭的一個這樣說：

「這一個是剛才對面關送過來的。唉！才開工就遇上這種麻煩！」

「開工啦，嚕嚕囌囌。他醒了，可以問話啦！」戴眼鏡的一個一邊說一邊往外走：「我出去查一查失蹤人口有沒有這個記錄。」

「喂，你叫什麼名字？是香港人還是大陸人？住在哪裏？」大頭的一個用手推了我一下，在我耳邊高聲說。

我的耳朵不開心，它們嗡嗡響；我的手腳給扣住了，它們也不開心。我不理睬大頭叔叔。

「為什麼不回答我？你聾呀？啞呀？」大頭叔叔的嘴巴一開一合，臉上一陣青色，一陣紅色，很可怕呀！

我叫，大聲的呱呱叫，媽媽會聽見的，她會來救我的！

6. 這是什麼地方？

我要上廁所！我的心大聲説：

「放我走，我要上廁所，快放我呀！」

我聽見我的口「呀呀」地叫。我的口不像我的心，它説不了那麼多的話。

急壞人了！我把椅子搖得吱吱響，可是大頭叔叔不理睬我。

哎呀！我忍不住了……

「這麼臭！你故意的！」大頭叔叔的眼睜得很大，很兇，我很怕！

他用力地搖我的頭，然後掩着鼻子往門外走，剛巧碰上戴眼鏡的叔叔。

「查過失蹤人口資料，沒有這樣的記錄。」戴眼鏡的叔叔這樣説。

「謝天謝地！」大頭叔叔還掩着鼻子，繼續説：「煩

透人了！立刻把他送回大陸！」

我又給送到另一些穿制服的人那裏，他們說了很多話，吵啊吵，吵得很大聲，吵得臉也紅了。我聽不明白他們在說什麼，只聽見他們說了很多遍：

「無證件。」

「是個傻子。」

「不會說話的。」

「是你們這邊的。」

「不，是從你們那邊跑過來的。」

「管不了那麼多。」

……

他們不斷搖頭，不斷說：「煩呀，煩呀！」

他們在說誰？他們煩什麼？他們也聽見我的心在說話嗎？

我的心在說：「痛呀痛！」

我的頭很痛，痛得快要裂開似的；我的手也痛，它們已經給扣住了很久很久，連手腕也出現了兩個紅框框，血絲從紅框裏沁出來。

我的心在說：「肚子餓呀！」

我的肚子餓得咕嚕咕嚕叫，叔叔在吃東西，我的肚子

叫得更厲害，唾液都從口裏跑了出來。

我的心裏說：「叔叔呀，我要找媽媽，求你幫我吧！」

你們聽見我的心在說話嗎？

叔叔們說了很久很久。有多久？我可不知道。我只知道我的肚子越來越餓，頭開始發昏。

「這樣吧，反正是個傻的，問也問不出什麼東西來，拍個照，留個記錄，把他推出街外算了。煩透人！」最後，我聽到一個高高的叔叔這樣說。後來，他們拿出一個方形的盒子，向我閃了一閃光。

叔叔把我手上的扣解開了，帶到大門外說：

「傻仔，不要再煩老子，走吧！」

「傻仔」？誰是「傻仔」？我叫「文仔」呀！

走？往哪裏走？

我望着滿街的人發呆。

7. 不要撇下我

那個穿制服的、高高的叔叔把我帶到街上就走了。滿街都是急步走着的人。我不要再到穿制服的叔叔那裏，他們把我的手腳扣住，很不舒服，我不喜歡。我的腳跟着大

家走，可是，要往哪裏去呢？我的腳不知道，我的心也不知道。

走着，走着……天空不再光亮亮了，變得黑壓壓。

走着，走着……街上的燈亮起來了。一盞、兩盞、三盞……滿街燈光閃閃。

本來，當燈亮起的時候，爸爸就會回來，媽媽就會煮好飯，我們一起吃飯，吃很香很香的飯，還有菜。我喜歡吃白菜，弟弟喜歡吃豬肉。媽媽煮的飯和菜都好吃。

現在滿街燈光，可是，沒有媽媽，沒有爸爸，沒有弟弟，也沒有香噴噴的飯菜。

我的腳不肯走了，因為眼淚跑了出來，眼前模糊一片，看不見路。我在牆邊蹲了下來，雙腳又痛又軟，它們不要再走了。

「嗚嗚，嗚嗚……」哭聲從我的口裏溜出來，眼淚爬滿我的臉。

「喂，小兄弟。」突然，有人搖一搖我的肩膀。

誰？我用手擦一擦臉。原來，我身旁站着一位哥哥和一位

姐姐。説話的是哥哥。

「小兄弟，你怎樣了？」哥哥彎腰問我。他的聲音很親切。他是一位好的哥哥，我知道他會幫我的忙。我不哭了。

「好哥哥，我的肚子餓；

好哥哥，我的腳很痛；

好哥哥，我要找媽媽；

好哥哥，請你幫我……」

我的心要對這位好哥哥説很多很多的話，可是，我的嘴巴只會叫：「呀呀，呀呀」。

「真可憐，原來是個傻子。啞巴。」姐姐説，她的聲音也很親切，像我學校的老師。

「可能他餓了。」姐姐從背包裏拿出一個紙袋來問哥哥：「把我們買的麵包給他，好嗎？」

哥哥點點頭，姐姐把紙袋放在我的手裏，一陣香噴噴的麵包味啊！

我打開一看，一個、兩個大麵包，好極了！我把麵包放在口裏就咬。我的肚子太餓了，嘴巴只管吃麵包，沒有空説謝謝，也沒有理睬好哥哥和好姐姐。我的耳朵聽見他們説這樣的話：

「要把他帶去派出所嗎？」

「不要惹麻煩！」

「撇下他不顧，我有點不忍。」

「沒辦法，滿街都是乞丐孤兒，誰管得着呢？」

「唉……」

他們走了，走了，走了……走遠了。

留下長長的歎息：

「唉！」……「唉！」……「唉！」……

8. 我在哪裏？

好哥哥、好姐姐走遠了。我吃了兩個麵包，肚子不再叫，但是它要喝水。

在家裏，水是貯在壺裏的，我用水杯喝水。現在沒有壺，沒有杯，但是我還是很想喝水。水呢？我四處找，找不到呀！怎辦好呢？我的口越來越乾，我的心在叫：「水，我要喝水！」我四處找，四處找……

啊呀，我聽見嘀嘀的水聲，我看見了，這條水渠破了，水從破口滴下來，我把口貼在破口上吸着，吸着。為什麼這些水不像家裏的水，臭臭的，苦苦的？喝了兩口，我的

肚子就痛起來，我哇啦啦地吐，哇啦啦地嘔……

很辛苦呀！我把身體縮作一團，我用手抱着肚子，可是我的肚子頑皮，它嘰咕地哭，嘰咕地鬧，我叫它不要哭，不要鬧。媽媽常常說，好孩子不要頑皮，不要哭鬧。我的

額頭冒出一滴滴汗水，我的眼流出一滴滴淚水。汗水、淚水爬到我的嘴巴上，鹹鹹的。

我在地上滾呀滾，滾呀滾……

不知道過了多久，我的肚子聽話了，它不再痛了，不

再鬧了。

我的眼皮沉甸甸。慢慢地,它垂下了;慢慢地,它閉上了。

奇怪,閉上了的眼睛還在看,而且,看得更遠,看得更多⋯⋯

我看見羅湖橋,空蕩蕩的羅湖橋,

我看見自己跑呀跑,飛快地跑,跑過空蕩蕩的羅湖橋;

我看見關卡,靜悄悄的關卡,

沒有背着大包小包的旅客,沒有穿着制服的叔叔,

我看見自己跑呀跑,飛快的跑,跑過靜悄悄的關卡;

我看見一列長長的火車,「轟隆隆,轟隆隆」在路軌上跑,

我伴着火車一起跑,「轟隆隆,轟隆隆」在路軌上跑;

我看見大巴士、小汽車「呲呲,呲呲」在街上走,

我伴着大巴士、小汽車「呲呲,呲呲」在街上跑;

我在海面跑,我在隧道跑⋯⋯

跑呀跑,跑呀跑,飛快的跑⋯⋯

到了!到了!

我看見我住的屋邨,

一座座的大廈,掛着一個個光亮亮的方框。

我往一個方框裏看……

看見了！看見了！

我看見弟弟，

弟弟坐在桌子旁，不吃，不玩，不説，不笑；

我看見爸爸，

爸爸拿着電話，打了一次又一次，不停的「喂」，不停的説，

他在屋子裏來回踱步，不停的踱步；

我看見媽媽，

媽媽躺在牀上，

不停地流淚，不停地歎氣，不停地呼喊：

「文仔，你在哪裏？」……

「文仔，你在哪裏？」……

「文仔，你在哪裏？」……

於是，

我聽見，我的心向呆住了的我問：

「我在哪裏？我在哪裏？」

貓貓和我捉迷藏

1. 花花病了

大年初四，公眾假期剛剛結束，農曆新年後上班的第一天，工作特別忙碌。下午四時，張太正在埋首處理案頭堆積如山的文件，辦公室的電話響起了。

「媽媽，不好了……」電話筒裏傳來兒子子華焦慮的聲音。

張太皺起眉頭，畢竟還是正月，孩子說話卻總是不知避諱。

「小孩子，不要亂說話。」張太正色地說。

可是，此刻子華心亂如麻，哪管什麼新春避諱：「媽呀！不好了！花花病了，身體不停地發抖，賴在窩裏不肯出來，牠呀，連……連站起來的氣力……也沒有。」

子華哽咽起來，一大滴眼淚落在懷裏一團黑白的毛球上。毛球輕輕地顫抖了一下，發出如絲般的「喵喵」叫聲。子華懷中的毛球不是別的，正是他心愛的貓咪花花。

「哎呀！怎會這麼樣？」媽媽吃了一驚，不禁焦急地

79

問。

　　花花長着滿身黑白相間的長毛，就像一個花毛球，於是大家都叫牠花花。花花和子華的年紀差不多，已經十一二歲了。打從子華懂事以來，花花就一直伴在身邊。

　　子華沒有兄弟姊妹，花花從小和他一起長大。在子華的心目中，花花就是他的好弟弟。當然，真實的年齡，花花還要比子華年長一歲哩！但是，以個子和體重來說，子華當然是大哥哥，花花由始至終都不過是一隻小花貓。

　　十一歲的子華還是被大人們當作小孩子看待，爸媽卻說年紀相約的花花是隻老貓。子華可從沒有這樣的感覺。

自己的確一天天地長大，這兩三年，舊校服才穿了一年就變得又短又狹，幾乎每一個學年都要換新校服。花花卻好像從來沒有什麼改變，睡的還是那個用上了多年的小藤籃，最愛玩的也是幾個小圓球。

每年子華生日，爸媽都會慶祝一番，花花的準確出生日期卻連領養牠的媽媽也不知道；不過，沒有關係，他倆從小就一起慶祝生日。

翻閱子華小時候的照片冊，你總可以從每年子華的生日照片裏找到花花的留影：一歲的子華坐在學行車上，望着桌上的生日蛋糕開心地拍手，花花乖乖伏在學行車旁，分享小主人的喜悅；五歲那一張，生日蛋糕的圖案就是一隻大花貓。今年這一張才拍了幾個月，子華把花花抱在懷裏和他一起吹生日洋燭。花花瞪着一隻綠寶石似的圓眼睛，比閃閃的燭光更明亮。不過，花花對蛋糕上白白的奶油、甜甜的巧克力興趣不大。生日會上，媽媽總愛為牠特別額外準備一條鮮魚，作為生日大餐。

子華依照媽媽在電話裏的吩咐，把花花放在一個專為貓咪出外用的藤籃裏，還用一件毛衣蓋在花花的身上，深怕牠受涼。花花在籃子裏「喵喵……喵喵……喵喵……」，發出陣陣碎亂柔弱的叫聲，好不悽涼。

　　花花是一隻長住室內的家貓。戀家的牠，平日只會從陽台的欄杆探頭遠望一下大廈外的景色。幾次僅有的出外都是因為要看獸醫，或者，子華全家出外旅遊時，把牠送到外婆家寄養幾天。每次花花外出，都由爸媽細心安排，有時候乘計程車，有時候由爸爸親自駕駛接送。雖然如此，每次外出，花花都會不安地在籃子裏亂叫，媽媽就曾經取笑牠出外慌張膽怯的可憐相，與在家時的沉靜冷傲判若兩貓。

　　從子華住的大廈得走五六分鐘才能到達附近的計程車站，不知道是這個冬天花花長胖了，還是花花的叫聲使子華心亂如麻，舉步維艱。子華覺得籃子實在沉重，他雙手捉着籃子，努力加快腳步，可是，平日幾分鐘的路程，今天為什麼變得那麼長？走着走着，提着藤籃的雙手陣陣發麻，子華吃力得喘着氣，額上冒出點點汗珠兒。

　　「花花，如果爸爸在家多好！」子華低頭對籃子裏的花花說。

　　「喵喵⋯⋯」籃子裏的花花微弱地回應。

　　書本裏常常說，捉老鼠是貓最大的本領。子華住在高層大廈二十樓，從來沒有發現鼠蹤，花花的一身好本領只有在遊戲時發揮了。

花花是子華家裏的惟一玩伴，拋球、搶球是他倆百玩不厭的遊戲。擔任裁判的爸爸拋出小圓球，子華和花花就爭相搶球。賽果如何？時有勝負。如果圓球落在空間較大的位置，子華當然佔了體形的優勢。不過，每當圓球滾進沙發底，子華無計可施時，花花把身體一縮一鑽就進去了，穩妥地把圓球唧在口裏，再從沙發底探出頭來，一雙圓圓的大眼睛閃亮閃亮，發出勝利的光彩。這時候，無論子華如何大叫「不公平！」爸爸都會大公無私判定花花得勝。

偶然，圓球落地的位置不佳，搶球時不慎碰掉了花瓶水杯之類的物品，引來媽媽的陣陣咆哮：

「你們三個呀！不准再這樣天翻地覆玩耍！」

「爸爸呀！你是怎麼搞的？」

爸爸嘛，帶着子華，抱起花花，立刻逃到房間，輕輕關上房門，稍避風暴！

其實，不用媽媽下禁令，這一兩年，子華和花花已經很少玩搶球遊戲了，爸爸經常需要離家往內地工作，不能再擔任他們的評判。升上六年級，子華功課也忙碌了不少，默書、測驗從沒有停止。

花花變得越來越沉靜。夏天裏，任憑大家忙碌得滿頭大汗，花花總喜歡躲在陰涼的書架上，居高臨下，一副冷

眼看世界的酷模樣。冬天呢？太陽照到家中哪一個角落，花花就會在那裏出現，還把自己蜷成一個圓圓的花毛球，暖和暖和，懶洋洋地瞇起眼睛打瞌睡。

2. 焦慮極了

「小朋友，要往哪裏去呀？」計程車的司機叔叔向子華問。

子華小心翼翼地把花花的籃子安放在座椅上，然後從口袋拿出獸醫的名片，交給司機。

「唔，旺角這個時候交通最繁忙，可能會塞車。」司機叔叔看了一看名片，一邊啟動馬達一邊説。

「叔叔，我的好朋友病了，請你幫忙把車開快一點吧！」

「好朋友？」司機叔叔瞪大眼睛，好奇地從倒後鏡回看子華，以及子華身旁的花花。

「嗯，是的！花花是我最好的朋友。」子華點點頭，指着籃子裏的花花説。

「喵喵……喵喵……」花花無力地和應。

計程車開了，子華輕輕撫摸籃子裏的花花，突然想起

昨晚花花躲進他被窩裏的情景……

每晚睡前，子華都會在牀上看一會兒童故事書。小時候，子華識字少，爸媽會為他伴讀；打從三、四年級開始，子華已經可以自己閱讀了，而代替爸媽作伴的，就是花花。花花乖乖地伏在一旁，不吵也不叫，安靜地陪伴小主人看完一本又一本的好書。

在寒冷的天氣裏，披着滿身長毛的花花，簡直比任何熱水袋、電氈、暖爐更叫人感到舒服溫暖。可是，媽媽説和貓咪一起睡覺不衛生，不容許花花跑到子華的牀上。每當爸媽走進子華的房間，子華就要立刻把棉被一掀，花花就完全藏匿在被窩裏。識趣的花花，絲毫不動，誰也不察覺。不過，每當媽媽作睡前檢查時，還是會把花花趕回客廳自己的窩裏。

在寒冷的冬天裏，要小貓咪獨個兒睡在又黑又冷的客廳裏，太可憐了！子華為花花向媽媽作出多次抗議。結果如何？家裏媽媽有着無上的權威，當然是抗議無效！

不過，子華和花花還是另有辦法。

前陣子氣溫降至攝氏十度，子華經常半夜起來，如果發現花花被媽媽驅逐出房外，他就會躡手躡腳打開房門，壓低聲音，輕輕叫喚：

「花花，花花……」

這時候，花花會用最快的速度，跑進他的房間，一躍，跳到牀上，鑽進被窩裏躲起來。

子華伸伸舌頭，滿心得意地輕輕把房門關上，把鬧鐘調教好。

花花睡在子華的腳旁，暖和極了。不一會兒，他倆就進入甜甜的夢鄉。

為了跟媽媽捉迷藏，早上，子華要比爸媽起得更早，送花花回到廳裏的貓窩，於是，誰也不會發現他們這個躲貓貓的秘密了。

「花花，你要振作呀，今晚我們再捉迷藏。」子華撫摸着籃裏的花花，輕聲地説。花花一陣顫抖，「喵喵」的叫聲如絲般柔弱。

「為什麼今天計程車開得特別慢？」望着路上長長的車龍，子華心焦極了！

似乎越是焦急，遇上紅燈的機會越多。子華身體坐得筆直，雙眼直盯着前面的交通燈，心中暗暗呼叫：「綠燈！綠燈呀！」可是，事與願違，一兩秒間，交通燈又轉了紅色。計程車再次停了下來。子華「唉！」的輕歎了一聲。

其實，花花一直很健康，很少生病。子華家裏的露台

種了一些盆栽,其中一盆桔子還是農曆新年的擺設,有時候,花花會走到露台吃一些雜草或葉子。花花吃後,通常伴隨一陣輕微的嘔吐。媽媽曾經説過這是動物自我醫治的方法。雖然是這樣,花花弄髒了地方,媽媽還是會責罵牠的。每次被媽媽罵,花花都會默默地縮在桌下,兩隻大眼睛一眨一眨,好不內疚,好不委屈。

子華想起了,這兩天,花花都在露台吃葉子,還嘔吐了好幾次。每次,子華都會靜靜地為花花洗澡,清理露台,不讓媽媽知道。好朋友嘛,有難同當!

看來,花花已經生病了好幾天。

想到這裏,子華不禁使勁地拍拍自己的頭,十分內疚:「哎呀!為什麼我那麼大意?」

自己生病的時候有爸媽關懷備至地照顧,花花生病卻沒有人知道,沒有人理會,子華感到十分難過。

籃子裏的花花又抽搐起來,子華從未見過花花這麼衰弱,心中一慌,眼裏一陣燙熱,幾顆淚珠兒滾了下來,滴在花花的身上。花花把頭埋在子華的手裏:

「喵喵,喵喵。」

計程車終於在獸醫的診所門前停住了,子華付了車資。

「小朋友,不要擔心,你的小貓咪會很快康復的。」

找贖的時候，計程車司機關心地對子華說。子華現在才看清楚，這位大塊頭司機叔叔一臉祥和。

「來，籃子重，我幫你拿。」司機叔叔打開車門，幫忙把花花提到診所的門前。

「謝謝！謝謝！」子華心中一陣溫暖，不斷道謝。

「我家也有一隻大花貓。」大塊頭叔叔拍拍子華的肩膀說。

子華點頭明白了。

司機叔叔揮手走了，子華雙手提着籃子踏進獸醫的診所。

「花花，你要振作，不要害怕啊，看過醫生就會好了！」子華對花花說。

3. 陳醫生的話

天氣寒冷，不但人容易生病，連動物也不能倖免。獸醫陳醫生的診所坐滿生病的小動物，還有帶動物來看病的主人。事實上，花花也不是第一次看醫生，一年前，子華和媽媽也曾經帶牠來到陳醫生的診所杜蟲滅蝨。

候診的動物有貓、狗，也有一隻大灰兔。平日，花花

除了在家裏活動外，很少外出。本來已經虛弱的牠，來到診所陌生的環境，更嚇得縮作一團。

「花花，不要怕，一會兒看過醫生，吃了藥就好了。」子華不斷用手撫摸花花，一再安慰。

這些說話為什麼那麼熟悉？

噢，上個月，子華感冒發燒，媽媽帶他看醫生時也是這樣對他說。

終於，輪到子華和花花了。

穿着白袍的陳醫生為花花做了詳細的檢查。鎖着眉頭，厚厚的眼鏡片下，陳醫生一副凝重的神色。

子華感到陣陣不安。他咬着下唇，彷彿「噗噗，噗噗」地亂跳的心，快要從口裏跳了出來似的，他怯怯地等着陳醫生開口說話。

「子華，爸媽沒有來嗎？」陳醫生用手托了一下眼鏡向子華問。

「爸爸上了大陸做生意，媽媽還未下班。」醫生這樣一問，子華意識到花花的病情一定不輕。

「醫生，我是花花的主人，牠怎麼樣呀？請你告訴我吧！」子華眨眨大眼睛，強作鎮定地問。

「你真是一個好孩子。不過，我得先跟你媽媽通個電

話。你到外面等一等好嗎？」陳醫生説。

未等子華的同意，護士姑娘已把他請到候診室。花花卻仍然留在診症室裏。不在花花的身邊，子華感到一陣莫名的恐懼和難過，鼻子一酸，大顆大顆的眼淚掉了下來。子華用手背擦去眼淚，呆坐在候診室的長椅上。

醫生和媽媽在電話裏談了幾分鐘。可是，這幾分鐘對子華來説，比上一整天的課還要長哩。

「小朋友，醫生請你進去。」護士姑娘推開診症室的門，探頭對子華説。

子華霍地站起來，再用手背擦了一下臉兒，走進診症室。

「花花。」看見花花還在籃子裏，子華舒了一口氣，禁不住握着花花的爪子。

「子華，」醫生拍了子華的肩膀一下，溫柔地對他解釋：「你的花花得了肺炎，病情不輕！」

「醫生。」子華呆住了。他雖然不大清楚肺炎是什麼，但單從醫生的神情和語氣，他知道事情很嚴重。

「醫生，你開藥給花花吃吧，牠是一隻乖貓咪，一定會乖乖吃藥。」子華想起每次自己生病，媽媽都會説乖乖吃藥，病就會好。花花當然也不例外。

「問題是，花花已經很老了……」醫生還未說完，子華已經迫不及待為花花申辯：「花花不老，牠是隻小貓咪，跟我的年紀一樣！」

「子華，」陳醫生耐心地解釋：「貓的生命年歲跟人不同，十一、十二歲的貓，就像人的七十多歲，是老人家啦！身體各方面的機能都衰退了。」

子華把花花攬在懷裏，嗚嗚地哭了起來。

醫生在子華的哭聲中提出這樣的建議：

「我剛才跟你媽媽在電話裏商量了，把花花留在診所好了。」

「讓花花留醫！」子華聽見醫生這樣說，腦裏閃出一點亮光。

上一年某個下雨天，子華摔了一跤，手骨折斷了，在醫院裏留醫了整整兩個星期，雖然悶得發慌，但畢竟還是康復過來。

子華心中燃起了希望，懇切地請求醫生：

「讓花花留醫也好，醫生請你快點把花花醫好就行了。花花要在診所住多久呀？」

「子華……」陳醫生望着子華懇切的神情，實在不忍心說下去。

　　每當年老的貓狗患上嚴重疾病，復元機會不大的時候，為了避免浪費大量金錢，也不使動物承受太多痛苦，獸醫一般都會建議給牠們進行人道毀滅。這也是陳醫生和子華媽媽剛才在電話中的決定。

　　「子華，花花的病，不容易醫好。」陳醫生又輕拍子華的肩膀：「我和你媽媽的意思是……」陳醫生稍頓了一下繼續說：「把花花留在診所，讓我們處理吧！」

　　「處理？」子華瞪着眼睛，錯愕地望着陳醫生，診症室的空氣彷彿凝固了，子華覺得自己的呼吸急速起來，一陣昏眩，一陣迷亂。過了好一會，子華才從迷茫中醒悟過來。

　　「什麼處理？哦，我明白了。」他的眼淚滾滾落下，熱燙燙的淌滿一臉：「你們要殺死花花！」

　　子華的心噗噗地跳，渾身沸騰，又驚愕又憤怒。花花是他的好朋友，他絕不容許任何人傷害牠。

　　子華堅決地站了起來，提起花花的籃子，他要帶花花立刻離開這個恐怖的鬼地方。

　　「小朋友，你冷靜一點。」穿着白裙子的護士姑娘用手輕按子華，解釋說：「醫生不是要殺花花，醫生說的是人道毀滅！」

子華實在太氣憤了，什麼人道毀滅？明明是要取去動物的生命，這麼不人道的事情，還要冠上一個什麼人道的名稱。子華覺得説這些話的人，簡直要貓道毀滅，狗道毀滅，兔道毀滅⋯⋯

4. 不要放棄

子華抱起花花，推開診症室的大門，邁步立刻離開。

「子華！」一把熟悉的聲音響起。

他抬頭一看，不禁嗚嗚地哭起來。

「媽媽⋯⋯為什麼⋯⋯為什麼要⋯⋯要殺死⋯⋯花花？」子華栽進媽媽的懷裏。

原來，媽媽從電話中知道花花的情況後，放心不下，立刻從公司趕到診所來。

「乖孩子⋯⋯」媽媽輕撫着子華的頭髮安慰他，她的聲音哽咽。

媽媽打開籃子，看見花花軟弱無力，微微發抖地蜷縮一團的樣子，心中一陣絞痛。

「子華，其實媽媽跟你一樣疼愛花花。」媽媽對子華説，眼裏泛着淚光。

「你騙人！」子華鼓着腮，他從來沒有對媽媽這樣惱怒。

雖然，子華覺得平日媽媽對花花已經很嚴厲：不准花花睡到牀上去，不准牠到廚房走動，不准牠亂抓家具……這樣不准，那樣不准。

每當花花用爪抓牆紙，媽媽還會用報紙捲成長紙棒，揍牠一頓，多痛呀，害得子華要帶花花四處躲避。

不過，子華從來沒有想過媽媽竟然要殺死花花。

「剛才陳醫生説你……你……要把花花留下，讓他們……什麼……什麼處理！什麼……什麼毀滅！」

子華拭着淚，忿忿不平。

媽媽淚光盈盈，沉默不語。

子華不知道媽媽心底裏多麼疼愛花花！

十多年前（子華還未出生），媽媽領養了還未滿月的花花，當時牠只有手掌大小。花花不能吃固體食物，媽媽就用奶瓶小心翼翼地餵牠喝貓奶粉。下班後，又推掉了一切約會，第一時間趕回家，照顧小花花。看着小花花日漸長大強壯，她有説不出的滿足和快樂。

當時，爸爸總愛取笑她當了貓媽媽，只會全心全意照顧花花，連他也忽視了。

不久，子華出世了，每次餵哺的時候，媽媽就會對爸爸說：「幸好有當貓媽媽的經驗，才不會手忙腳亂哩。」

當子華漸漸長大，在家裏他跟花花越來越親近，形影不離。媽媽還說他倆是「貓人兩兄弟」，貓咪年紀比子華大，還是哥哥的輩份哩！

每年子華慶祝生日，準備禮物的時候，媽媽也不會忘記為花花多添一條鮮魚。

子華要媽媽操心的是讀書考試測驗等等大問題；花花的生活簡單得多，不過定期為牠洗澡、梳毛、修指甲的工作，無論媽媽工作如何忙碌，都不會忘記。

「花花，媽媽知道你很辛苦。」流着淚，媽媽把籃子裏的花花抱在懷裏。花花孱弱地叫了聲：「喵！」

「媽呀，不可以讓陳醫生殺死花花！」子華又急又慌，他從未見過媽媽這樣傷心。既然媽媽和自己一樣疼愛花花，為什麼要把牠毀滅？子華實在十分不明白。

「子華，花花已經老了，而且又病得那麼……」媽媽緩緩地說。

「又是那些話！」子華用手掩着耳朵，猛力地搖頭：「我不要聽！老了，病了，也不一定要被人殺死的！」

子華記得公公上一年因為心臟病，突然暈倒了，

住了整整幾個月醫院。每次探病的時候，大家不是鼓勵公公快點康復嗎？後來，公公做了一個什麼心臟搭橋的手術，然後大家又鼓勵他吃藥，做各式各樣的物理治療。那段期間，子華更畫了很多不同的問候卡送給公公，媽媽還誇獎他是一位關心別人的好孩子。

　　大人為什麼總是有兩套標準，喜歡用寬的時候用寬，喜歡收緊的時候收緊。而且，經常是對大人寬，對小孩緊（看來，對小動物也是一樣嚴苛），實在不公平！

　　「子華，你有沒有想過，花花會很辛苦的？」媽媽問。

　　「媽，我每次病，你都鼓勵我，要忍耐，要努力，

就會很快康復。現在花花最需要的也是我們的支持和鼓勵！」子華絕不會放棄，他一定要為花花——自己的好朋友，爭取生存的權利。

「媽，我們完全沒有嘗試幫助花花，就這樣放棄，不可以的！」子華使勁地搖着媽媽的手，原本閉上眼睛的花花也給搖得「喵喵」的叫了起來，聲音雖然微弱，卻震盪着媽媽的心弦。

媽媽怔住了。子華堅定的神態，情理俱備的説話叫她眼前一亮，心中讚歎：「這孩子長大了！」

也許剛才被子華搖得太劇烈，躺在媽媽懷裏的花花忽然一陣抽搐，哇啦的吐了起來，在媽媽裙子上吐了一堆髒物。

「花花，花花，你怎樣了？」子華一邊幫忙媽媽清理，一邊驚惶得叫了起來。看見花花這麼辛苦，子華實在不知道如何是好。

「乖孩子，不用怕，媽媽知道應該怎麼辦了。」媽媽輕撫着子華的頭安慰他。

「姑娘，我想再和陳醫生談談。」媽媽按動登記處的鐘，對護士姑娘説。

5. 為花花祝福

　　診症室的門開了，子華跟在媽媽後面，顧不得花花身上的髒，把花花緊緊地抱在懷裏。本來，對於陳醫生，他實在十分生氣，不願意再見到他那張討厭的臉，可是關乎花花的生死，他要立刻知道。

　　「張太，你們商量好了吧！」陳醫生用手托一托眼鏡問。子華眇了他一眼，把頭轉向別處，鼓着腮。

　　「醫生，我們決定……」媽媽皺起眉頭，咬着唇，遲疑起來。

　　「媽媽！」子華拉拉媽媽的手，央求的眼睛淚水汪汪。

　　懷裏的花花叫了一聲「喵」，柔弱得就像十幾年前被張太領養時的初生小貓咪。媽媽的心完全融化了。

　　「子華説得對，我們沒有嘗試就放棄，是不應該的。」

　　媽媽終於明白了！子華實在太高興了，禁不住捉着花花的前爪拍起手來。

　　「喵喵。」花花又叫了幾聲。

　　媽媽對陳醫生説：「請你開藥吧，我們會把花花帶回家好好照顧。」

　　「真高興你們有這樣的決定。」陳醫生舒了一口氣，

點頭微笑。

作為動物的醫生，陳醫生願意醫治每一隻生病的動物。可是，他知道動物和人一樣，生了重病就需要大量的照顧，這並不是所有主人願意付出的。為動物進行人道毀滅是一個迫不得已的決定，但總比眼巴巴讓動物在沒有照料的情況下，忍受嚴重病患的痛苦折磨好。

陳醫生再為花花詳細地檢查了一遍，開了藥，然後耐心地向子華和媽媽示範怎樣張開花花的口，仔細地用注射器把藥餵進牠的口裏。吃了藥，花花似乎舒服了很多，安靜地躺在籃子裏。

子華現在看清楚了，陳醫生的樣子原來並不太難看，一點也不兇，看來還很親切哩。

「為什麼剛才我那麼討厭他？」子華心裏奇怪。

「醫生，謝謝你！」要離開了，媽媽向陳醫生握手道謝。

「不用謝！應該的。」陳醫生把他們送到診所的門口。

「陳醫生，謝謝你！」子華靦覥地低聲道謝，剛才他在心裏不知把陳醫生罵了多少遍，現在想起來真有點不好意思。

「子華，你真是一個勇敢的好孩子！花花有你這個這

麼愛牠的好主人，真有福！」陳醫生拍拍子華的肩膀，由衷地讚賞他。

不是嗎？每天有多少貓狗動物，雖然健康，卻還是被玩膩了的主人遺棄街頭。特別是長假期，動物被遺棄的情況更嚴重，主人要出國旅遊，家中沒有人餵養，乾脆放棄作罷。最近，每天陳醫生在診所門前都會發現被主人遺棄的小動物。相比之下，花花是多麼幸運啊。

陳醫生親自把他們送上計程車，心中默默地祝禱：

「花花，早日康復！」

「花花，加油！振作啊！」

6. 在星光下捉迷藏

回到家裏，媽媽和子華當起花花的貼身護理員。媽媽用溫水為花花清潔身體，子華給花花的窩換上清潔的毛巾，還開了家中的暖爐，讓四周更暖和。

為花花餵藥是最困難的，花花不願張口，子華只得一邊柔聲安慰，一邊用手強行張開牠的嘴巴，媽媽把藥放在唧筒內，小心翼翼地將藥水一點點直接唧進花花的嘴裏。藥太苦了，花花不斷流出唾液，折騰了好一會才把藥完全

吞下。

　　雖然開啟暖氣，可能因為發燒的關係，花花的身體不斷微微顫抖着。最後，子華找出自己最心愛、最柔軟舒適的毛氈，把花花的睡籃鋪得軟綿綿，花花果然舒適地睡了好一會。

　　花花是一隻愛清潔的貓咪，平日只會在洗手間安排了的沙盤裏大小便，今天卻失禁了好幾次。每次，媽媽都要耐心地替牠清理，用溫水清潔牠的身體，然後用暖風筒把牠的長毛吹乾。

「媽媽……」看見媽媽對花花的悉心照顧，子華忽然感到一陣莫名的感激，依在媽媽的身旁，淚水在眼眶裏打轉，説不出話來。

「傻孩子！」媽媽把子華擁在懷裏。

媽媽和子華都知道這一晚對花花十分十分重要，熬得過這一晚，花花的生存機會就大大增加了。他們每四小時為花花餵藥和餵水。

已經是深夜三時了，吃過藥後的花花沉沉地睡着了。子華雖然十分疲倦，卻不肯睡覺。他抱着花花，靠在媽媽的身旁，坐在地板上。子華感覺自己和媽媽從來沒有像今晚那麼接近。

「媽，如果世上沒有疾病，沒有死亡該多好。」望着窗外漆黑的天空，子華忽然感到一陣淒然。

媽媽沉思了好一會，輕輕舒了一口氣。

「白天過後，黑夜來臨；黑夜過後又是白天的出現；花開，花落；春去，冬來；這就是大自然的規律，千古不變。無論人或動物，都是大自然的一部分。」

「白天，我們喜歡燦爛的陽光；黑夜，真的是完全黯淡黑暗嗎？」子華隨着媽媽的視線，往窗外的天空細看。漆黑的夜空原來繁星點點，閃爍生輝。

媽媽繼續説:「生命長短不一,健康的話,人也許可以活到七十、八十歲,貓兒卻只有十多年的壽命。但是,不論生命長短,愛和關懷,就像夜空裏亮麗的星光,使生命變得燦爛美麗,無比珍貴!」

靜夜裏,子華覺得媽媽的聲音那麼婉約溫柔,悠悠的送進自己的心窩裏。

「生命最大的意義,不在長短。子華,你明白嗎?」媽媽把子華擁在懷裏。

子華點點頭回應。坦白説,子華對媽媽的話並不太明白。如果生命不在乎長短,那麼,什麼是生命中最重要的呢?子華沒有向媽媽問。他不急於追問,也不急於思考這些大問題,因為現在他感到十分寧靜,十分安穩,白天的驚慌和恐懼,漸漸、漸漸遠去了……

今天,實在疲累。花花依着子華,子華依着媽媽,都睡着了。

夢裏,花花跟子華在燦爛的星光下捉迷藏……

「喵喵,喵喵……」

「什麼聲音?花花呢?」子華從夢中驚醒。

子華記不起自己怎樣回到房間,他一骨碌兒從牀上跳了下來,立刻走出房間叫喊:「花花?花花?」

　　子華眼前一亮，客廳裏，花花正繞着媽媽的腳跟團團轉。牠側起頭一邊輕擦媽媽的小腿，一邊「喵喵」地叫着。平日，花花肚子餓的時候，就會這樣向主人要食物。

　　昨天，花花還病得連站起來的力氣也沒有，你看，現在牠又回復原來的活潑和饞嘴了！子華抱起花花，興奮得又跳又笑！

　　攬得太緊了！花花要抗議，使勁地叫：

　　「喵喵，喵喵，喵喵……」

孤單天使

　　已經是深夜十二時了，慧慧還是睡不着。夜雨打在村屋的瓦頂，滴滴……答答……滴滴……答答……就像一羣頑皮的小朋友，瞞着媽媽在雨中嬉戲。一雙雙小赤腳，踩出一個個大大小小的水花。

　　滴滴……答答……滴滴……答答……

　　可惜，此刻慧慧躺在牀上輾轉反側，雖然明天是星期天，不用早起上課，慧慧還是覺得這綿綿不絕的春雨十分吵人，十分厭煩。她索性轉過身來，俯伏在牀上，把整個頭埋在花花睡枕裏。這個從小陪伴慧慧入睡的花花枕頭，雖然已經洗濯得發黃了，但裏面載滿了慧慧的夢——大的，小的，哭的，笑的……有些連爸媽也不知道的。

　　兩個月前，慧慧獲批單程證來港和爸爸團聚，當她堅持要把花花枕頭放進行李箱時，祖母取笑她説：

　　「十歲啦，還像個小娃娃！」

　　其實，自從離開了南京（慧慧出生的地方），離開了媽媽，來到香港這個陌生的地方後，慧慧非但不再是媽媽

或祖母懷裏的小娃娃，而且立刻變成小大人。

慧慧的爸爸在新界的停車場當夜更管理員，一個人在大埔找了一所村屋居住。慧慧初到香港的第一個星期，爸爸請了假，忙忙碌碌，為她找學校、買書簿、做校服⋯⋯還教曉慧慧使用家中的煮食爐、電飯煲、洗衣機等電器。

一周過後，爸爸對慧慧説：

「現在經濟不景，爸爸不可以經常請假，要不然，會給老闆『炒魷魚』！」

慧慧當然不想爸爸被「炒魷魚」，因為爸爸還説：

「多賺點錢，春節就可以帶慧慧回南京探奶奶，不久還可以接媽媽來香港一起團聚。」

於是，白天，慧慧獨自上課下課，還給爸爸洗衣服、燒飯。晚上，當爸爸上班後，慧慧就獨個兒關窗，獨個兒關燈，獨個兒睡覺⋯⋯獨個兒在雨夜裏聽着：

滴滴⋯⋯答答⋯⋯滴滴⋯⋯答答⋯⋯

奇怪，以前每當睡不着，俯伏在花花枕上，總會很快入睡。可是，現在慧慧的耳邊還是響着綿綿不絕的「滴答」雨聲。

滴滴⋯⋯答答⋯⋯慧慧⋯⋯慧慧⋯⋯滴滴⋯⋯答答⋯⋯慧慧⋯⋯慧慧⋯⋯

誰在窗外叫喚？

慧慧側向左邊，把身體弓成一隻小蝦米，用花花枕壓着右耳。

滴滴……答答……慧慧……慧慧……滴滴……答答……慧慧……慧慧……

誰在窗外叫喚？

慧慧側向右邊，把身體弓成一隻小蝦米，用花花枕壓着左耳。

滴滴……答答……慧慧……慧慧……滴滴……答答……慧慧……慧慧……

這一回，慧慧把身體仰過來，伸得好直好直，把花花枕往臉上一蓋，豎起耳朵。

滴滴……答答……慧慧……慧慧……滴滴……答答……慧慧……慧慧……

如果在從前，遇上這樣的情形，她會連眼睛也不敢睜開，攬着花花枕，躲在媽媽或祖母的懷裏，嗚嗚地哭起來。

現在，慧慧霍地從牀上坐了起來，將花花枕緊緊地攬在胸前，一雙大眼睛睜得晶亮晶亮，一張小嘴巴張得圓圓，她往窗外望去。

滴滴……答答……慧慧……慧慧……滴滴……答答

……慧慧……慧慧……

　　緊緊關閉着的玻璃窗，被雨點劃得濛濛，屋外小徑亮
着一盞微弱的路燈，路燈發出一個個淡黃的光暈，光暈影
在朦朦的玻璃窗上，照出一個朦朧的身影，她在雨中輕敲
慧慧的玻璃窗，叫喚着。

　　慧慧……慧慧……慧慧……慧慧……

　　如果在從前，遇上這樣的情形，她一定會拉起牀上的
薄被，緊緊的攬着花花枕，躲到牀底去，大聲喊叫：「媽
媽──媽媽──」

　　現在，慧慧把花花枕頭攬在懷裏，下了牀，躡手躡腳
走到窗邊輕聲地問：

「誰呀？」

「我呀！慧慧。」一把清脆溫柔的聲音在窗外説。

奇怪，這聲音有點耳熟，究竟是什麼時候聽過？

「你是誰呀？」慧慧側耳問道。

「慧慧，外面的雨下個不停，我濕透了。你先打開窗，讓我進來再問吧！」溫柔的聲音在催促。

滴滴……答答……滴滴……答答……

的確，外面的雨下得真大，從前在南京，每次遇上這樣的下雨天，出門前，祖母總會拿出雨衣、雨傘、雨鞋，要慧慧統統穿到身上去，一邊幫忙一邊吩咐：

「不要讓雨水打濕衣服，會着涼生病的。」

慧慧緩緩地把玻璃窗打開，一個輕盈的身軀從雨中飄了進來。

一位滿身晶瑩剔透的姑娘站立在慧慧眼前。姑娘披着長長的秀髮，薄薄的輕紗裙子透出點點柔和的藍光。慧慧用花花枕擦一擦自己的眼睛，心中不禁驚訝：

「好漂亮呀！」

「好大的雨！」姑娘輕輕地抖擻了一下身上落下了無數的小雨點，響起一陣滴滴……答答……滴滴……答答……

慧慧找來了一條大毛巾放在藍姐姐（慧慧在心中給姐姐起了這樣的名字）的手裏。

「慧慧真是一位好孩子！」藍姐姐向慧慧謝過。

藍姐姐牽着慧慧的手坐到牀邊，柔柔地問：

「慧慧孤單，我來伴慧慧好不好？」

「孤單！？」慧慧重複着藍姐姐的話，茫茫然。

「為什麼只有慧慧一個人？媽媽呢？媽媽呢？」

慧慧心中一陣抽痛，鼻子一酸，把頭埋在花花枕裏：

「他們都忘記慧慧了嗎？他們都不要慧慧了嗎？」

「慧慧不要孤單！」慧慧嗚嗚地哭起來。

藍姐姐把慧慧攬在懷裏，向着窗外，往雨中飄去。

滴滴……答答……滴滴……答答……

雨聲更響，大大小小的雨點紛紛落在慧慧的身上，卻一點也不弄濕她的衣衫，慧慧懷中的花花枕還是乾乾爽爽，軟軟綿綿……

飄啊飄……

慧慧飄過了高樓，

高樓，挺着胸膛，昂揚地説：「我來陪伴慧慧，慧慧就不再孤單！」

慧慧搖搖頭：「高樓，謝謝你！但我要的是……」

飄啊飄……

慧慧飄過了山，

山，眨着黑漆漆的眼睛，說：「我來陪伴慧慧，慧慧就不再孤單！」

慧慧搖搖頭：「山，謝謝你！但我要的是……」

飄啊飄……

慧慧飄過了河，

河，唱着悠揚的歌：「我來陪伴慧慧，慧慧就不再孤單！」

慧慧搖搖頭：「河，謝謝你！但我要的是……」

飄啊飄……

慧慧飄過一排排熟悉的梧桐樹；

梧桐樹蔭下是一棟棟熟悉的矮樓房；

矮樓房閃爍着點點熟悉的燈火……

藍姐姐抱着慧慧在一座熟悉的矮樓房停住了，慧慧往窗內看……

看見了！看見了！

慧慧看見媽媽了！

不過，這卻是那天的媽媽……

那天，接到公安局批出慧慧來港的單程證，家裏立刻

沸騰起來，電話鈴聲「鈴鈴，鈴鈴……」整天響個不停。

晚上，姨姨、舅舅、外婆、表姊、表弟……紛紛到訪。

慧慧坐在客廳的一角，看見大家歡喜雀躍，議論紛紛：

「可以到香港了，慧慧真幸運！」大家都這樣説。

「都等了差不多十年啦！」媽媽有點心事重重。

「等上二十年還不能成行的也不少！」舅舅拍拍媽媽的肩膊，安慰説：

「慧慧先去，再等不久，你的單程證準也會批出來的。」

媽媽紅着眼睛點點頭。

祖母當天幾乎整晚躲在廚房説要給大伙兒做好菜，慶祝慧慧去香港。

可是，現在慧慧看見了，躲在廚房的祖母，一邊炒菜一邊拭眼淚。

「藍姐姐，我要現在的媽媽！」慧慧輕輕牽扯藍姐姐的紗裙説，還將「現在」兩個字説得特別響亮。藍姐姐微笑，把一隻手指放在唇上「噓」的一聲，在慧慧的耳邊低聲説：

「不要吵，媽媽現在忙着哩！」

慧慧向藍姐姐眼睛凝視的方向望去……

看見了！看見了！

慧慧看見媽媽了！

媽媽坐在房間裏的衣車前。

窗外的雨點拍打着緊閉的玻璃窗，

滴滴……答答……

媽媽的腳踏衣車，

格格……格格……和應。

「慧慧媽，這麼晚還不睡覺？」

「奶奶，你看看，慧慧會不會喜歡這個花枕套？」媽媽從衣車上揚起一個尚未完成的花枕套。

「慧慧這個傻丫頭，那個花花枕已經霉霉爛爛了，我想給她做一個新的枕套，把花花枕套在裏面就可以讓她再攬幾年哩！」媽媽繼續説，「明天，隔壁的明叔去香港旅行，我想趕工讓他帶給慧慧。」

「慧慧最喜歡吃餃子，我已經做了一大包，放在冰箱裏，請明叔一併帶去吧！」祖母説。

媽媽點點頭，又埋頭踏她的衣車。

窗內衣車響着，格格……格格……

窗外雨聲響着，滴滴……答答……

「明叔明天到香港旅行？媚媚也會一起來嗎？」慧慧

拉着藍姐姐的手低聲問。

媚媚是明叔的女兒，也是慧慧最要好的同學。來到香港才不過個多月，慧慧收到了媚媚的信，開心得跳了起來。慧慧把那封信唸了不下十遍，而且，擱下了一切事情立刻回信哩。

親愛的慧慧：

你到香港已經個多月了。知道嗎？我每天放學回家，第一件事就是打開信箱，看看有沒有你的來信，但都是失望而回。

你不是答應過一到香港就給我來信嗎？昨天，看着空空如也的信箱，想起以前我們每天手拉着手一塊兒上學下課，我真的難過得掉下淚來。

「媚媚，你又下雨啦！」每次我哭，媽媽總是這樣取笑人，氣壞！

媽媽說：「慧慧到香港跟爸爸團聚，剛抵達，一定有很多事情要處理。也許，慧慧也正等着你的信哩！」

於是，我就給你寫這封信。

慧慧，你離開南京的時候，這兒還是蠻冷的。這個多月來，天氣已經漸漸回暖。滿街的梧桐樹，不知道在什麼

時候都抽出了細細的嫩芽。今天我留心一看，一小堆翠綠的新葉掛在光禿禿的樹幹上，樣子很趣怪。

還記得有一次上課時，你望着朱老師光禿禿頭頂上幾根疏落的頭髮，靜悄悄地在我耳邊說：「梧桐樹的葉子都再生啦，為什麼朱老師的頭髮還不長出來？」

我禁不住「嘻」的笑了出來，給老師發覺了，說我們上課不留心，罰我們課後留堂檢討哩！

慧慧，香港有沒有梧桐樹呢？那裏的樹木長了新葉芽沒有？

梧桐樹長嫩葉的時候，也是春雨綿綿的季節。以前，每次放學遇上毛毛雨，我們總是故意不打傘，讓小雨飄飄的落在頭上，輕輕的吻在臉上，多涼快啊！

前幾天，南京又下雨了，可是這一次，不打傘不行，因為下的是黃黃的泥雨。老師說，北面的樹木被大量砍伐，沒有了森林作屏障，颱風的時候，把沙從邊區沙漠的地方吹到北京、南京來。我不喜歡玩泥雨，太髒了。真的希望泥雨不會吹到香港去！

慧慧，你曾經說過，我們是最要好的朋友，永遠的好朋友！但願我們都有一雙翅膀，飛越南京香港的時空，一起上課下課，說笑話，玩雨水……該多好呀！

寫到這裏，我的眼睛又下毛毛雨，濛濛的看不清啦！慧慧，你要記着，記着，快點，快點回信呀！祝你

快樂

媚媚

二零零二年三月二十日

親愛的媚媚：

剛剛收到你的來信，我高興得讀了一遍又一遍。對不起，要你每天等着我的信。

香港，看不見抽出新葉的梧桐樹，我好掛念校園裏的梧桐樹呀！春天雖然也下着毛毛雨，可是，我卻再沒有可以一起玩雨水的好朋友了。

我已經在家裏附近的一所學校上學了，可是老師、同學說的廣州話，我才聽懂一點點，連一位朋友也交不上。小息的時候，只好坐在一旁看着別人嘻嘻哈哈地玩耍，悶得發慌，有時還會躲在一角偷偷掉眼淚。

我沒有忘記對你的承諾，到港後第一個星期已經給你寫信，可是爸爸就是沒空給我買郵票，所以寄不成。也許他太忙碌了，也許他根本沒有把我要寄信的事放在心裏；你以前不是説過，大人經常忘記我們小孩子的事情嗎？

　　我本來十分渴望來香港跟爸爸一起生活，天天跟爸爸玩耍、談笑該多好！來到香港才知道，爸爸原來很忙碌！

　　爸爸是當夜班的，他下班的時候，我已經要趕着回校上課了。放學的時候，爸爸又在睡覺，我要輕手輕腳做家務，不要把爸爸吵醒。晚上六時，吃過晚飯，他又上班了，家裏只剩下我一個人。有時候，我把電視和收音機的音量調大，屋裏充滿了男的、女的、老的、少的聲音，吵吵鬧鬧。但這些機器透出來的聲音，只會令四周變得更加空空洞洞，使人覺得更孤單！

　　前晚，我無意中聽見爸爸跟媽媽講電話：

　　「現在慧慧來了香港，負擔重了，能加班的話，我會盡量加，不過就只好經常把她一個人擱在家裏。」

　　我的眼睛熱燙燙，只好別過頭，躲進房間去。我知道爸爸要努力工作，但我又不喜歡一個人孤孤單單。媚媚，我多麼希望你在我身旁！

　　媚媚，我們永遠是好朋友，你說得對，好朋友不會被時空所隔，我們要跟從前一樣說話談心，不過用紙筆代替嘴巴罷了！

　　最後，你猜猜我這封信是怎樣寄出的？我已經找到家居附近的郵局在哪兒了；今天，我買了整整二十張郵票，

可以給你寄很多很多的信。當然，你也要保證給我回很多很多的信才好呀！祝你

快樂

慧慧

二零零二年四月一日寄自香港

「藍姐姐，媚媚呢？」慧慧搖動着藍姐姐的手。

藍姐姐微笑説；「媚媚已經睡覺了！可是，她給你準備了禮物哩！」

藍姐姐揮一揮衣袖⋯⋯

慧慧看見一張大圖畫，畫上三十多棵大小不同的梧桐樹，每一棵樹下都寫上一個熟悉的名字：朱小玲、陳華新、英嘉義⋯⋯全是慧慧從前的同學。

圖畫上寫着：

慧慧：

我們把校園裏的梧桐樹一一畫下來，陪伴你一起移植到香港去！

小五甲

你的好同學

二零零二年四月十五日

慧慧的眼睛下起毛毛雨來了，她把頭埋在花花枕裏，倚在藍姐姐的身旁。藍姐姐把慧慧攬在懷裏，輕輕一躍。慧慧把眼睛閉上，風聲在耳邊響起沙沙⋯⋯沙沙⋯⋯雨聲在耳邊響起滴滴⋯⋯答答⋯⋯

當藍姐姐把慧慧放回牀上的時候，她的眼皮已經重重垂下了。

「慧慧，我要走啦！」那一把清脆溫柔的聲音在慧慧的耳邊說。

「你，你是誰呀？」朦朧中，慧慧依稀記起，這位閃爍着藍光的姑娘並沒有告訴她，倦透了的慧慧閉着眼睛問。

「我？」姑娘一怔，不再說話。她在慧慧的臉上輕輕一吻，飄向半開的玻璃窗。

慧慧感到臉上一陣冰冰涼涼，好舒服啊！她攬着花花

121

枕，把身體向左邊彎成一隻小蝦米模樣。慧慧聽見雨中傳
來溫柔熟悉的歌聲：

滴滴……答答……

我，我是誰？

滴滴……答答……

我是雨夜，

滴滴……答答……

我是藍色，

滴滴……答答……

我是孤單，

滴滴……答答……

我是夜雨裏，藍色的孤單天使，

在夜雨裏，

給孤單的你作伴，

給你送上冰涼的吻，

給你唱着悠揚的歌。

用慈愛燃點的火，

在孤單的時候，

依然温暖，

依然明亮！

奉獻友情的手，遠隔千里，

送上思念，送上祝福，

依然與你緊緊相握！

慧慧把頭埋在花花枕裏，在夢鄉裏，唱着藍天使教她的歌。

「慧慧，起牀啦！」爸爸走進慧慧的房間，一雙粗大的手輕拍牀上的慧慧。

慧慧深呼吸一下，嗅到一陣香香甜甜。

「起牀啦，你看，我買了你最喜歡吃的……」

「豆漿，油條！」慧慧一躍而起，攬着爸爸搶着說。

「今天爸爸請了假，待我休息一會，下午和你到機場接機。」爸爸撥弄着慧慧凌亂的頭髮。

「接明叔和媚媚！」慧慧又搶着說。

「鬼靈精，你怎會知道的？我沒有告訴你，想給你一點驚喜！」爸爸搔搔頭，奇怪地說。慧慧已經蹦蹦跳跳地走出客廳了，背後傳來爸爸輕輕的責罵聲：

「上班前，我不是告訴你，要把房間的窗全關上的嗎？怎麼又開窗呢？你看，弄得滿地雨水……」

慧慧飲着甜甜的豆漿，放眼窗外，雨水為樹木帶來耀眼的青翠，四周不知名的小鳥吱吱喳喳唱着晨歌。

童話篇

冰雪女皇

1. 雪鬼和牠的魔鏡

在北歐的寒冬裏，有一隻渾身如冰雪般晶瑩剔透的頑皮雪鬼四處遊蕩。雪鬼平日最喜歡到廣場捉弄滑雪溜冰的小朋友。有時候，牠張口一吹，就把小孩子厚厚的雪帽吹到廣場上高高的禿樹枝頭，孩子急得哭起來，淚珠兒結成閃亮的冰粒掛在又紅又圓的臉蛋上。有時候，當大羣孩子在廣場上滑雪橇，牠混在孩子羣裏，這個拉一下，那個推一把，大大小小的雪橇碰撞起來；雪橇的主人不知道這是雪鬼在作怪，大家還會互相對罵，打起架來，可惡的雪鬼就躲在一旁拍掌偷笑。

這一年的冬天，雪下得特別大，連續不斷地下了整整五六天，漫天飄雪，刺骨嚴寒，房屋的門窗都給厚厚的白雪封住了。家家戶戶，大人小孩都躲在家裏圍爐取暖。鋪上一層厚厚白雪的廣場，空無一人，雪鬼獨個兒在偌大的廣場上來回飄盪，寂寞得很。正當悶得發慌的時候，牠竟然想出一個鬼主意來！

雪鬼將廣場上最美麗晶瑩的雪花都集合在一起,用手不停地揉搓,揉搓。沒多久,雪鬼把所有雪花捏成一面閃閃發亮的鏡子,並向鏡子呵一口氣。

一口什麼樣的氣?

啊!原來雪鬼要將牠最頑皮、最壞的心思注入鏡內。從此,這一面鏡子就變成一面壞透了的魔鏡。

雪鬼的魔鏡有多壞?

世界上任何漂亮的、美好的東西,往魔鏡一照,就會立即變成最糟糕、最差勁的了。醜陋、惡劣的東西呢?啊,經魔鏡一照就會變得比原來的更壞上百倍千倍。

於是，美麗的花草樹木，在魔鏡裏成為一堆煮爛了、發霉的菜；任何人臉上的一顆小雀斑，都會化為滿面大瘡疤，連嘴巴也給蓋住了。

雪鬼拿着魔鏡飄到廣場的上空，左照右照，晶瑩剔透的白雪，在鏡子裏都變成污穢不堪的爛泥漿，雪鬼對自己的傑作滿意極了，望着鏡子發出「哈哈，哈哈⋯⋯」的笑聲。

雪鬼的笑聲本來已經十分邪惡難聽的了，經過魔鏡的反射，更變得千倍萬倍的可怕：「哈哈，哈哈⋯⋯哈哈，哈哈⋯⋯哈哈，哈哈⋯⋯哈哈，哈哈⋯⋯」

這一回，連雪鬼也給自己恐怖的笑聲嚇壞了，全身戰慄，鏡子在笑聲中猛烈搖晃。雪鬼心裏一慌，魔鏡從牠的手裏飛脫，嘭的一聲摔到地上去了，變成了千千萬萬塊碎片向四周飛散⋯⋯飛散⋯⋯

魔鏡的碎片有多大？

有的像一面普通的鏡子，有的像手掌，有的像眼鏡片，有的像小雪花⋯⋯四方八面往人類的世界亂飛。最可怕的是每一片碎片都保留了魔鏡的完整魔力，只要它碰上人的眼睛或鑽進人的心窩，那雙眼睛再也看不到美善，只看到醜陋；那一顆心立即被冰封住了，只有冷酷，沒有溫暖。

魔鏡的碎片飄啊飄⋯⋯飄啊飄⋯⋯越飄越遠⋯⋯

糟透了！我看到其中一片如小雪花般的魔鏡碎片，落在善良的小凱達和安妮的窗前。

2. 凱達和安妮

一塊如小雪花般大小的魔鏡碎片，正落在善良的小凱達和安妮的窗前

凱達和安妮是一對小兄妹。他們的父母到了遙遠的地方工作，凱達、安妮和祖母居住在芬蘭鄉間的一所破舊屋子裏。凱達和安妮感情十分要好，家裏的生活雖然貧窮，他們卻相親相愛，過着開心快樂的生活。

在和暖的春天和夏天裏，凱達和安妮會在園子裏栽種各式各樣的植物和花朵，芬芳美麗極了。在剛剛過去的夏天，他們種了很多的豌豆，還有各式各樣美麗的玫瑰花。豌豆的蔓藤和玫瑰花的長枝條，在窗前交錯攀附，相互交搭成一道又翠綠又繽紛的凱旋門。每天，凱達和安妮坐在玫瑰花下的小板凳上看書、唱歌，還有談那談不盡的話題。

在寒冷的冬天裏，凱達和安妮也不愁寂寞，他們最愛圍在火爐旁聽老祖母説故事。

這幾天，天空不斷下着大雪，大雪把凱達和安妮困在

屋裏，今晚祖母要告訴他們冰雪女皇的傳說。

「冰雪女皇掌管世上的冰雪，其實她也是由一片最大最大的雪花變成的。她穿着一件白色的長長薄紗，輕盈飄逸。這薄紗也是由幾千幾萬片星星一樣的雪花融合而成的。冰雪女皇的眼睛像兩顆閃爍的星星，她的臉兒發出月華的亮光，漂亮、秀麗極了！可是，不要忘記，她是冰雪女皇……」說到這裏，祖母停頓下來望着繞坐膝前的小孫兒。

「她是冰雪女皇又怎樣？祖母，快說呀，快說呀……」聽得入神、目瞪口呆的凱達和安妮搖着祖母的手心急地追問。

「冰雪女皇的心是冰雪造成的，沒有情，沒有愛，沒有溫暖，只有冰冷。她親吻誰，誰的心就會立即結成冰塊，忘掉親人，忘掉朋友，忘掉一切愛他的人，忘掉任何可以叫他感到溫暖的事物。」祖母用手托一托臉上的老花鏡說。

「噢！」凱達和安妮都不約而同地張開嘴巴，吸一口氣，冰冷的空氣透入心脾，叫人感到怪不舒服。

「凱達哥哥，你可千萬不要讓冰雪女皇吻你呀！」安妮握着凱達的手有點害怕。

「乖孩子，你忘記了嗎？冰雪女皇不喜歡溫暖，只要你心裏存有美善和愛，就會常常感到溫暖，冰雪女皇也找

不着你了。」祖母撫摸着孫兒的頭髮，愛惜地安慰説。

「哈！如果冰雪女皇進來我們的家，我才一點也不害怕。我會請她坐在暖和的火爐旁，請祖母給她説故事，讓爐火慢慢把她融化。」

凱達滿有信心地説。安妮拍手叫好，心中好不佩服哥哥的勇敢。祖母説過故事後又忙別的東西去了。

屋外依然大雪紛飛，窗子都結滿了厚厚的冰。凱達和安妮揮出兩個銅錢，在火爐上烤熱，然後將銅錢放在結霜的玻璃窗上，融化出一個圓圓的透明小洞，然後，一隻溫柔可愛的小眼睛緊緊地貼在透明的小洞上，透過這暖暖的小洞，窺看窗外寒冷冰封的世界。

「哎呀！」忽然，凱達掩着眼睛叫了起來：「什麼東西掉進了我的眼睛？」

「好痛呀，我的心被什麼東西戳了一記？」他又用手掩着心房痛楚地説。

「凱達哥哥！」安妮嚇得急忙摟抱着凱達叫喊。

凱達眨了眨眼睛，又用手背揉了揉，好了一點！眼

裏似乎什麼東西也沒有，心裏除了感到一陣冰涼外，也沒有太大不適了。「好像不見了。」凱達説。

「呼！」安妮舒了一口氣。

他們可不知道，掉進凱達眼裏的東西還在哩！那正是魔鏡的碎片。

如果你還記得的話，這可惡的魔鏡碎片，會把任何美好的東西都變成醜的壞的；任何微小的錯失和缺點都會擴大百倍千倍，淹沒人的理智。

可憐的凱達，他雖然沒有感到不舒服，但魔鏡的碎片已經飛進他的眼裏，埋在他的心頭。從現在開始，他所看到的世界將完全不一樣了！

「噹⋯⋯噹⋯⋯噹⋯⋯」教堂的鐘聲在遠處響起。

3. 冰雪的吻

自從那一晚，凱達眼睛所看到的世界已經完全改變了！

凱達不再喜歡他和安妮的凱旋門，這天他把栽種花卉的箱狠狠地踢上幾腳，揪掉箱內的植物説：「這是什麼樣的花？長滿了刺，葉子也給蟲咬了，跟這個爛箱子一樣難

看。」

凱達不再喜歡看書，打開書本，看見一行行的文字，他的眼睛就痛起來：「滿是討厭的字，悶死人了！」

凱達不再喜歡聽祖母說故事，每當祖母說故事，他就不停地插嘴，叫祖母說不下去。有時，他還搶去祖母的眼鏡，彎起腰，故意慢吞吞地模仿她的老態：「這……些老……老掉了……牙的故事，我……我才……才不愛……聽。」

氣得祖母不斷搖頭。

凱達不再唱歌了，安妮輕輕哼着的歌謠送進凱達的耳朵，都變成令人心煩的噪音：「這是什麼歌？簡直比烏鴉的叫聲還要難聽。」

「哥哥，你為什麼說這樣的話？」安妮對凱達的改變越來越感到不安，這天不禁哭了起來。

「哭什麼？」凱達厭煩地反問：「你本來就長得難看，哭起來更叫人討厭。」

安妮聽見哥哥這樣說，嗚嗚的哭得更傷心。

「煩死人啦，我要離開這個鬼地方。」凱達戴上手套，背着雪橇，衝過淚流滿面的安妮，推開大門，往白雪紛飛的廣場溜去了。

　　廣場上滿是滑雪嬉戲的孩子，雪花飄落在凱達的臉上。他心裏感覺到十分涼快，深深地吸一口氣，一陣冰凍直透心間。忽然，凱達眼前一亮，看見前面出現一輛很大很大的雪橇，雪橇在陽光下閃爍着耀眼的銀光，銀光裏坐着一個頭戴白帽、全身包着白皮裘大衣的人。大雪橇飛快地滑動，穿着白皮裘大衣的人忽然轉過頭來，向凱達揮手微笑。凱達立即被這神秘的微笑緊緊地吸引着，他使勁地跟隨着大雪橇溜滑，最後還索性把自己的小雪橇綁在這輛大雪橇後面，兩架雪橇一併飛快地滑行。廣場上迴盪着凱達哈哈的笑聲。

　　雪越下越大，廣場上的孩子都漸漸回家去了，只剩下

這大小兩架雪橇在滑動，這時候，大雪橇越滑越快，飛也似的向着茫茫的遠方滑去……

凱達心慌起來，想解去繩子，離開大雪橇。可是，太晚了！他的小雪橇已經牢牢綁在大雪橇上，他驚慌得大聲叫喚祖母和安妮，可是，四周厚厚的白雪把他的叫喊聲吞噬了。雪橇飛快地滑行，還不時跳動，跨越深溝、跳過河川，凱達害怕得緊緊閉上眼睛……

雪下得越來越大，當天上落下的雪大得像一隻隻白鵝在飛舞的時候，大雪橇終於停了下來，凱達張開那閉得發酸的眼睛，他看清楚雪橇的主人了。「噢！」他失望地説。

雪橇上站着一個晶瑩剔透的女士，渾身白雪，閃閃發亮，她的裘衣和帽子原來也是白雪做的，晶亮透明。太美麗了！凱達看得目瞪口呆。

「我們跑得很遠了。」她柔柔地説。

「你一定很冷吧。」她張開皮裘大衣把凱達圍抱着：「來！鑽進我的皮裘大衣來。」

凱達立即好像掉進了冰庫，冷得頭痛，全身麻木。

「還冷？」她輕輕地在凱達的額上親吻。

噢！這一吻把凱達的心都凝固了，凱達一陣暈眩，好一會才醒過來。他的心冰封了，不再感到害怕；他的腦袋

冰封了，再沒有記憶。凱達再不是以前的凱達，他記不起祖母也記不起安妮，心裏只有眼前這位世界上最美麗、最完美無瑕的冰雪女皇。

「來吧，我帶你到我的皇宮去。」冰雪女皇拉着凱達的手踏上雪橇，在白雪飄飄中飛翔。

北風在凱達的耳邊呼嘯、咆哮。

凱達再沒有半點害怕，因為他的心已被冰封了。他瞪大眼睛看着森林、湖泊、海洋、高山在身後一一溜走⋯⋯

凱達卻不知道祖母和安妮在家裏，倚在窗前萬分焦慮地等呀等，盼呀盼，盼着他回來，一再呼喚：「凱達，凱達，你為什麼還不回來？」

4. 魔法婆婆和她的玫瑰花

「凱達呢？凱達呢？為什麼還不回來？」每天，祖母和安妮都倚在窗前，萬分焦慮地問着同樣的問題。

一天、兩天、三天過去了；一個月、兩個月、三個月過去了；嚴寒的北風退卻了，暖和的春風吹融了積雪，吹綠了枝頭，吹開了萬紫千紅的花。可是，凱達呢？仍然沒有回家。誰也不知道他去了哪裏，孩子們只是説，那天，

他們看見他的小雪橇跟着一架特大的雪橇，滑出城門，滑向遠方……

有人説：「凱達一定是掉進河裏淹死了。」

有人説：「凱達一定是迷了路，冷死在荒野裏。」

每一次聽到這些話，安妮都猛力地搖頭。請不要問她為什麼這樣，她就是不相信！

「我一定要把凱達找回來！」這一天，很早很早，早得天還未完全亮透，安妮穿上她心愛的小紅鞋，背起背包做了這樣的決定。她輕輕吻別熟睡中的祖母，祖母滿布皺紋的臉上還掛着思念凱達的淚。安妮獨自走出城門，來到大河邊。

「大河啊，你可有帶走凱達哥哥？如果你把他還給我，我就把我的小紅鞋送給你。」安妮對大河説。

河裏的水波兒盪呀盪，好像不住地點頭。於是，安妮脱下小紅鞋拋進河裏去，但是不一會兒水波卻把小紅鞋沖回岸。安妮一次又一次把小紅鞋拋進河裏，水波還是一次又一次把小紅鞋送回來。

「一定是我拋得不夠遠！」安妮心裏想。

這時候，安妮看見河邊的蘆葦叢裏有一條小船，她決定站到船頭試試再把小紅鞋拋遠一點。可是，小船原來沒

有拴牢，安妮一下船，它已滑到河中心，而且隨着河水的流動，小船漂得越來越快，越來越遠。安妮急得哭起來，可是，除了天上的小麻雀外，誰也聽不見，但小麻雀沒有氣力把安妮背回岸啊！

「大河，大河你要把安妮送往哪裏？」小麻雀也為安妮焦急起來，沿着岸邊一邊飛，一邊吱吱喳喳地問。

「我沒有帶走凱達啊！你們是知道的，讓我送她到別處去找找看。」大河淙淙地回答。

小船越漂越遠，兩岸的景色美麗極了，有秀麗的花朵、蒼勁的古樹、青葱的草原，草原上有小兔在跳躍，有牛羊在吃草，就是沒有人的影蹤，小安妮不再哭了。「大河啊，請你把我送到凱達那裏去吧！」她對大河懇求説。河裏的水波兒盪呀盪，好像不住地點頭。

小船漂呀漂，漂呀漂⋯⋯當太陽將西邊的天空染得通紅的時候，河水把小船沖上岸。岸邊有一個奇妙的園子，門口站着兩個木頭兵。園子裏長滿了各式各樣繽紛奪目的花卉，連裏面一間大屋的門窗都攀滿了燦爛的花朵。

「你們好！」小安妮恭敬地向木頭士兵點頭，雖然他們不會回禮。

「小姑娘，請告訴我，你為什麼到這裏來？」一位拄

着彎頭拐杖的老婆婆從屋裏走出來。老婆婆戴着一頂很大很大的帽子，帽子上插滿了不同的花朵，芬芳撲鼻。

安妮向老婆婆彎身行禮，把家裏發生的事情詳細地告訴老婆婆。

「這裏的玫瑰和我家的一樣漂亮。」安妮指着園裏紅的、黑的、黃的、白的玫瑰説。

老婆婆把安妮領進屋子裏，拿出一盤鮮美的櫻桃，安妮從未吃過這樣甘甜的果子，她又肚餓又困倦，吃了很多很多。她一邊吃，老婆婆一邊用一把金梳子為她梳理給風吹得凌亂的頭髮。長長鬈曲的頭髮掛在肩上，安妮粉紅的臉蛋兒充滿善良，散發出朝氣，閃爍着陽光似的光輝。

「多可愛的小姑娘，我真希望有她作伴！」老婆婆心裏想。當她的金梳子一下一下地在安妮的髮根滑溜，安妮的眼睛慢慢地合上，祖母和凱達的影像也一點一點地從安妮的記憶中退卻。

這位會魔法的婆婆其實並不壞，只是太孤單了，她要把安妮留下來作伴。當安妮完全睡着了，老婆婆走到園子裏去，伸出彎頭拐杖向園裏的玫瑰花一揮，原本開得燦爛的玫瑰都沉到黑漆漆的地底去。老婆婆怕安妮看見玫瑰會想起家，想起祖母和凱達哩！

耀眼的晨光把安妮從沉沉的熟睡中喚醒過來，她發覺自己躺在一張金色的大牀上，褥子和被子都是軟軟綿綿的天鵝絨子，被面還繡上朵朵盛放的紫羅蘭。安妮穿上老婆婆為她準備的紅花裙和白皮靴，美麗得像一個小公主。安妮雖然覺得十分溫暖，但心裏又像缺少了什麼，可是，究竟缺少了什麼？她又説不出來。

「我的乖孩子，不要在屋裏發呆，到花園去吧，裏面有着世界所有的花，而且一年四季都開放。」吃過早餐後，老婆婆把安妮帶到花園去。安妮最愛花，她高興得在萬紫千紅的花叢中跳起舞來。

「你就在這裏玩耍吧，我到外面給你找些好吃的東西回來。」老婆婆拿起拐杖和她的大帽子往門外走去，她太疼愛安妮了，想用一切美好的東西將她留下來。

「呀？那是什麼花？」安妮看着老婆婆的背影，呆住了。

老婆婆雖然叫園子裏的玫瑰花都沉進泥土裏，但她忘記了把自己帽子上的玫瑰除掉。安妮記起了家裏的玫瑰，記起了祖母，記起了凱達，她的心抽痛起來，一顆顆晶瑩的眼淚掉落到地上去，滲進泥土裏，潤澤了埋在地裏壓得透不過氣來的玫瑰花。玫瑰花紛紛抖擻精神，一朵朵從泥

土裏抽出頭來，紅的、黑的、白的、黃的⋯⋯迎風搖動，
抖去身上的泥土，還唱起歌來：

「凱達，凱達，在哪裏？
麻雀說他不在平地，
因為牠們已經找過了；
玫瑰說他不在地裏，
因為她們剛沉到那兒，
看不見他的影子。」

「什麼東西最討厭？
陰沉沉的地底最討厭。
什麼東西最有力量？
是魔法？是冰霜？
愛的眼淚
破了魔法，
也要融解冰霜。」

安妮聽明白了，她立即打開園子的大門，往原野跑去。
當然，她是一位有禮貌的姑娘，一定不會忘記回頭揮手告

別：「謝謝玫瑰花，再見木頭兵！」

　　玫瑰花繼續唱着她們的歌，木頭兵繼續守住自己的崗位。當太陽再把西邊的天空染得通紅的時候，安妮的雙腳發酸，但她還是不敢停下來。

　　可是，茫茫荒野，安妮，你要往哪裏去呢？

5. 強盜寶貝

　　在太陽下山之前，安妮跑進了一個昏暗的森林，晚風把樹木吹得沙沙作響。安妮可不知道，粗壯的樹幹背後正躲着兩個強盜在竊竊私語：

「穿得那麼漂亮，一定是富有人家的孩子。」

「哈，是位小公主也説不定。」

「公主和富有人家的孩子總會帶着隨從，怎會一個人在野外跑？」

「管不了那麼多，把她捉回寨裏，説不定她的家人會用一馬車的黃金把她贖回。」

「那時候，首領一定會重重賞賜我們。」

於是，強盜從樹後衝了出來，二話不説，把安妮背起來就走。安妮嚇得又哭又叫，使勁地踢腳掙扎，可是對於像猩猩一般強壯的大漢來説，這簡直比搔癢還要輕柔。他們輕快地跑，不一會已經將安妮帶到強盜首領的面前。

「你為什麼走進森林來？」強盜首領揚起一對粗黑的眉毛，揉捏一下那一把又長又扎人的鬍子，用打雷似的聲音問。

安妮的心好像快要從胸口跳出來似的，她深深吸一口氣，向強盜首領彎身行禮，把家裏發生的事情詳細地告訴他。

「噢！原來只是個窮孩子。」強盜們好失望呀。

「嫩嫩白白的，把她宰了吃算吧……」一個強盜抽出閃閃亮亮的刀子。可是，他的話還未説完就「哎呀」的倒

在地上。

「誰也不許動她一根頭髮！」原來一個小女孩把剛才説話的強盜推倒在地上，還狠狠的咬了他的耳朵一口，又用黑皮靴在他的肚皮重重踏上一腳。她是誰，竟有這麼大的膽子？

小女孩是首領的獨生女兒，她從小沒有媽媽，沒有兄弟姊妹，沒有朋友，甚至沒有名字。在這裏，爸爸叫她「寶貝」，其他人嘛，都叫她「小首領」。雖然她的年紀只有安妮那麼大，但大家都不敢惹她，因為只要她説一聲，首領連天上的星星也會為他的寶貝摘下來。

「我要安妮跟我玩！」小女孩跳上首領的膝上，用力扯了他的鬍子一把。首領痛得睜大眼睛，側着頭説：「寶貝，寶貝，她就歸你的了，乖乖，鬆手吧。」

小女孩拍拍手，把扯掉了的十幾根鬍子散在地上，其他強盜都嘻嘻地暗暗偷笑。

寶貝緊緊拉着安妮的手，一蹦一跳往她住的山洞裏走。

「只要我不生你的氣，他們就不會殺你；如果我生你的氣，他們也不會殺你，因為⋯⋯」寶貝從自己的口袋裏抽出一把閃亮亮的短刀説：「我會親手殺你，哈哈！」

寶貝雖然説得兇惡，但安妮一點也不害怕，因為寶貝

拉着她的手很是溫暖，一雙烏溜溜的大眼睛，十分友善。

寶貝的洞裏有棕兔、白兔和灰兔四處跳，洞的牆壁布滿裂縫，烏鴉、鴿子、山鳩從裂縫口飛進飛出。寨的左邊有一隻大得可以吞下一個小朋友的哈巴狗，牠看見寶貝回來，高興得跳上半天高，但牠不叫也不吠，因為強盜寨的狗是不准吠的。寨的右邊拴着一隻馴鹿，脖子上掛着一個閃閃亮的銅鈴，寶貝左手抓着馴鹿的角，右手抽出短刀，在馴鹿的脖子上來回比劃説：「這是爸爸從北極老人那裏搶回來的，我每晚都用刀子給牠搔癢。」可憐的馴鹿嚇得亂踢，寶貝卻哈哈大笑。

強盜為寶貝和安妮準備了一頭烤羊，還有一窩野菜湯作晚餐，十分豐盛。晚餐後，寶貝帶安妮到鋪着乾草和氈子的牆角，寶貝把短刀放在枕頭邊，用胳臂摟着安妮的脖子説：「我們一起睡吧！」

「你睡覺也帶着刀子？」安妮好奇地問。

「是啊！沒有刀子誰會怕你？在我們這裏誰也不知道什麼時候會出事，你呢？」寶貝從未離開過山區，多麼希望安妮告訴她山寨以外的世界是什麼模樣。

安妮告訴寶貝廣場上每一次溜冰的細節、凱達和她的玫瑰花、家中的火爐，還有祖母那些説不完的故事等等，

等等……淚水從寶貝的眼眶裏爬出來，她立即用手背擦掉，因為強盜是不准流淚的。

漸漸，寶貝倚着安妮睡着了，發出不緩不疾的呼嚕。安妮卻怎樣也合不上眼睛，山鳩從山洞的裂縫口飛進飛出，安妮細心聆聽，噢，鳥兒竟然在説故事：

「咕咕，咕咕，

小雪橇跟着大雪橇，

男孩子跟着冰雪女皇，

從廣場來，到遠方去。

掠過平原，平原的草都結成冰棒；

掠過森林，森林的鳥都冷得顫抖。

咕咕，咕咕。」

「好心腸的山鳩，請你告訴我，男孩子現在在哪裏？」安妮向山鳩央求説，她可以肯定，那男孩子一定就是凱達。

「咕咕，咕咕，

離開了森林的事，

鳩鳥不知道。

咕咕，咕咕，

冰雪女皇的事情，

馴鹿最清楚。」

安妮輕輕地走下牀，蹬着腳尖走到馴鹿的身邊，柔柔地懇求：「馴鹿，馴鹿，請你告訴我，男孩子現在在哪裏？」

馴鹿幽幽地説：

「什麼地方配得上冰雪女皇的孤冷？

什麼地方容得下冰雪女皇的晶瑩？

那兒的白雪漫天飛舞，

淒清美麗；

那兒的冰川延綿千里，

晶瑩剔透。

我在飛雪下誕生和成長，

我在冰川上奔跑和跳躍。

那是我懷念的家鄉——北極！」

「馴鹿，請你帶我到冰雪女皇那兒，我要把凱達帶回家，而你也可以回到家鄉！」安妮一邊説一邊將馴鹿脖子

上的繩索解下來。可是馴鹿不但動也不動，而且四隻腳不住在發抖，因為一把閃亮亮的短刀架在牠的脖子上。原來，寶貝醒了，而且已經靜靜地站在安妮背後。

「哈，不用怕！這一次，我不是要給你搔癢，但你得替我把安妮帶到冰雪女皇的宮殿，找到她的小哥哥。」寶貝命令馴鹿說。

馴鹿高興得跳了起來，寶貝把安妮抱到鹿背上，帶他們離開山寨。山寨門外，幾個把風的強盜在打盹，各人被寶貝踢了幾腳。

「一路上很冷，你穿着這個。」寶貝將自己身上的斗篷蓋在安妮身上，安妮感動得流下淚來。

「不准哭鼻子！」寶貝説，然後在馴鹿的屁股上用力拍一下，馴鹿立即向野外飛奔。

安妮在鹿背上向山寨回望，寶貝揮舞着她的短刀，在黑夜裏閃閃發亮。但安妮看不見，淚水已經爬滿了寶貝的臉。雖然，強盜是不准流眼淚的。

6. 智慧夫人

原野上，馴鹿使勁奔跑，跑過森林，跨越沼澤；狼在嚎，渡鴉*哇哇地叫。天上閃耀着美麗的藍光。

「瞧，北極光！我的老朋友。」馴鹿興奮地對安妮説。

馴鹿跑了多久？安妮也不大清楚，因為她實在太累了，在馴鹿的背上睡着。當安妮睡醒的時候，發覺四周白雪紛飛，馴鹿已經在一間小屋前停住了。幸好有寶貝的斗篷，如不然，安妮恐怕早已冷得結成冰條了。對於馴鹿來説，天氣越嚴寒，牠越精神抖擻。

「馴鹿，這裏是什麼地方？」安妮把斗篷拉得緊緊。

「這裏住的是智慧夫人，她知道在北極發生的所有事

---

* 渡鴉：烏鴉的一種，身體較其他種類大，全身黑色，羽毛有紫色光澤，嘴粗大，吃腐肉和各種小動物。

情，當然知道凱達的下落，也知道如何破解冰雪女皇的魔法。」馴鹿説。

聽見馴鹿這樣説，安妮迫不及待要敲門進去。可是，原來為了阻擋戶外的寒冷，小屋並沒有門，只有一個煙囱在屋頂冒着悠悠的白煙。馴鹿帶着安妮，敲了小屋的煙囱幾下，跳了進去。

屋子裏溫暖極了，就像安妮家鄉的夏天，安妮脱下斗篷、手套和靴子，伸展一下冷僵了的四肢，好不舒服啊！馴鹿卻熱得來回踏步，坐立不安。

「你們來了，真好。」一位穿着輕盈雪白紗裙的女士從廚房裏走出來，她把一塊冰掛在馴鹿的脖子上。「好涼快呀！智慧夫人，謝謝你！」馴鹿舒服地説。

智慧夫人為安妮和馴鹿準備了一大盆鱈魚，安妮一邊吃，馴鹿一邊向智慧夫人訴説自己和安妮的遭遇，最後懇求説：「智慧夫人，你的智慧足可以把世界的風用一根縫衣針連起來，叫它們將船送去遠方，或者把大樹連根拔起。請你告訴安妮，她的哥哥在哪裏？」

智慧夫人從書架上拿出一本記事簿，翻了一翻説：「唔，凱達的確在冰雪女皇的皇宮裏，就在這裏十里之外。」

「那太好了！我們立即到冰雪女皇的皇宮去。」安妮開心得握着馴鹿的角，叫了起來。

馴鹿知道從來沒有一個進入冰雪皇宮的人可以活着離開，脖子上的冰塊使牠冷靜。「智慧夫人，請你把凱達帶回安妮的身旁吧。」馴鹿央求說。

可是，智慧夫人搖搖頭說：「智慧不能改變人的自由意志，凱達的心落了魔鏡的碎片，現在他認為冰雪皇宮是最好的地方，他不會願意離開的。除非把魔鏡的碎片弄出來，否則他再不是以前的凱達。」

馴鹿不願意放過任何機會，焦急地問：「你可以呼風喚雨，難道不可以給安妮加添力量？或者送她一些什麼厲害的武器，讓她可以勝過這些魔法嗎？」

智慧夫人還是搖頭，安妮急得哭了起來。

「好孩子，不要哭！最大的力量就在你的心裏。」智慧夫人憐惜地為安妮擦去臉上的淚說：「除了你，沒有人可以將凱達帶離冰雪皇宮。我能夠告訴你們的只是通往冰雪皇宮的路。」

智慧夫人從書架上拿出一幅畫在獸皮上的地圖，馴鹿仔細閱讀，牢記心上。智慧夫人將安妮抱到馴鹿的背上，吻別安妮說：「你們到達冰雪皇宮後，讓馴鹿在門外等你，

只有你一個人可以入內，因為除了你，冰雪女皇可以將任何生命凍結。」

安妮騎在馴鹿的背上，馴鹿發足飛奔，背後北風送來智慧夫人的歌聲：

「我要給你唱首智慧的歌，
親情是一團紅紅的火，
為你融化冰川雪庫；
勇氣是一雙強壯的翅膀，
帶你飛越死蔭幽谷。
不要為孤單而害怕，
不要為冷漠而氣餒，
多少人和動物給你幫助；
多少天使給你引領，為你開路！」

7. 冰雪皇宮

冰雪女皇將皇宮建在北極最高的山上，宮殿的外牆和裏面的百多間廳房都是用最晶瑩剔透的冰塊砌成，北極光負責所有的照明，裏裏外外藍光閃爍，非常亮麗，卻是刺

骨的冰寒、死靜。冰雪皇宮容不下半點聲音，也容不下任何笑聲話語。

「安妮，小心啊！」依照智慧夫人的説話，馴鹿在冰雪皇宮的門前放下安妮，牠用溫暖的舌頭舐吻着安妮給寒風打得赤紅的臉，在她耳邊説：「我在這裏等你和凱達平安歸來。」

安妮點點頭，昂首闊步走進宮殿的大門，雪花是宮殿大門的守衛。一朵朵奇形怪狀、巨大無比的雪花向她身上撲來，奇怪，這些雪花其實並沒有「花」的形狀，卻像一隻隻醜陋的冰刺蝟，身上矗立着一根根白閃閃的冰刺，刺得安妮好冷好冷，好痛好痛啊！

　　安妮忍着痛拚命往門內跑，她急速地呼吸，氣越呼越重，縷縷的白煙向下凝聚，成了一個個溫暖的小天使，小天使跳跳蹦蹦，團團地簇擁着安妮前進，冰刺蝟的刺碰在小天使的身上都融化掉了。

　　冰雪皇宮的中心是一個大得無邊無際的雪廳，冰雪女皇在雪廳裏開闢了一個冰湖，冰湖的中間是一塊明亮的冰鏡。如果冰雪女皇在家的話，她最喜歡坐在冰鏡中央，欣賞鏡上自己飄逸美麗的倩影。今天早上冰雪女皇飛到南方去，要將冰冷帶到那裏。她吩咐凱達坐在冰鏡的中央，等她回來。

　　小天使將安妮送到冰鏡上，她看見凱達穿着單薄的白袍，孤孤單單地坐在冰鏡上，赤手把玩着一塊塊尖利平薄的冰塊。

　　「凱達哥哥，我終於找到你了！」安妮高興得張開雙手攬着凱達的脖子，一陣冰寒從凱達的脖子直透安妮的心脾，冷得她一陣哆嗦。

　　凱達呆呆地望了安妮一眼，繼續把玩手中的冰塊。原來凱達雖然凍得發紫，卻一點也不感到寒冷，因為冰雪女皇的吻，早已把他的感覺和記憶都冰封起來了。現在，冰塊是他最愛的玩具，冰雪女皇是他最親的人。

安妮生怕凱達冷壞了，急急脫下斗篷和手套給他穿上，可是凱達瞪着空洞洞的眼睛，冷漠得沒有半點回應。安妮急壞了：「凱達哥哥，凱達哥哥……」她攬着僵硬了的凱達，把頭埋在那冰冷的胸膛，嗚嗚地哭了起來。

安妮哀傷地痛哭，一顆顆溫暖晶瑩的眼淚落在凱達的胸前，穿過胸膛流進他的心裏。「噢！」凱達叫了一聲，他的心一陣灼燙，冰封的心解凍了，安妮溫暖的眼淚融化了埋在凱達心裏的魔鏡碎片。凱達認出安妮了，他想起祖母，想起家，也傷心地哭了起來，魔鏡的碎片隨着他的眼淚完全流出來了。

安妮開心得親吻凱達的臉龐，他的臉蛋兒立即泛出嫣紅；她吻他的眼睛，他的眼睛就重拾光明，和安妮的一樣明亮；她吻他的手，他的手立即恢復力量，真正的凱達回來了！凱達精神抖擻，拉着安妮的手，他們手牽着手，一步一步向冰雪皇宮的門外走……

安妮和凱達一邊走一邊開心地談笑，由祖母的故事談到廣場上每一個溜冰小孩，還有花園裏每一株玫瑰花……

死靜的冰雪皇宮容不下半點聲音笑語，在孩子銀鈴似的笑聲中，冰雪皇宮裏的冰塊一片一片地慢慢融化……

當安妮和凱達騎上馴鹿的背後，馴鹿一躍而起，在雲

端上奔馳，他們的眼睛直瞪着前方，彷彿已經看到守在窗前的祖母，向他們招着手，發出慈祥的微笑。

安妮和凱達走了，但孩子的笑聲卻依然在冰雪中迴盪。死靜的冰雪皇宮容不下半點聲音笑語，建成冰雪皇宮的冰塊一片一片地融化……

當冰雪女皇再回來的特候，恐怕已經找不到自己的家了！

附錄：何巧嬋主要的兒童文學原創作品

出版時間	作品名稱	出版社
1994	圓轆轆手記·校園記趣	青田教育中心
1994	圓轆轆手記·圓圓一家親	青田教育中心
1995	圓轆轆手記·圓圓訴心聲	青田教育中心
1995-2002	認詩識字 1-4 冊	青田教育中心
1996	圓轆轆手記·手足情	青田教育中心
1996	圓轆轆手記·同一天空	青田教育中心
1996-2002	彩虹系列——紅、橙、黃、綠	青田教育中心
1998	男生手記：樂然的天空	青田教育中心
1999	打開課室的大門	螢火蟲文化事業有限公司
2001	我的心在說話——一個自閉症兒童的故事	螢火蟲文化事業有限公司
2002	四季孩子話	螢火蟲文化事業有限公司
2002	我會變	螢火蟲文化事業有限公司
2002	孤單天使	螢火蟲文化事業有限公司

2002	貓貓和我捉迷藏	螢火蟲文化事業有限公司
2005	大手牽小手	和平圖書有限公司
2005	光蛋蒜的禍	和平圖書有限公司
2005	養一個小颱風	螢火蟲文化事業有限公司
2005	單手拍掌	突破出版社
2006	二月，這一天	螢火蟲文化事業有限公司
2006	大食懶甲甲	螢火蟲文化事業有限公司
2006	小魚兒出海	螢火蟲文化事業有限公司
2006	太公的魔法	螢火蟲文化事業有限公司
2006	告老師	和平圖書有限公司
2006	我沒有放棄，你呢？	螢火蟲文化事業有限公司
2006	沉默的樹	螢火蟲文化事業有限公司
2006	花斑虎家的電話	螢火蟲文化事業有限公司
2006	寂寞	螢火蟲文化事業有限公司
2006	第二次「再見」	螢火蟲文化事業有限公司
2006	暑假，你不要走	螢火蟲文化事業有限公司

2006	蒲公英不說一語	螢火蟲文化事業有限公司
2006	鼻尖上的小飛蟲	螢火蟲文化事業有限公司
2008	貓咪種魚	亮光文化出版社
2008	選舉蟹國王	亮光文化出版社
2008	木棉樹和吱喳	亮光文化出版社
2012	遇上快樂的自己	亮光文化出版社

獲獎作品：

- 《校園記趣》：榮獲第三屆香港中文文學雙年獎的推薦獎。